執《しつ》事《じ》様《さま》に任《まか》せなさい

高月まつり
MATSURI KOUDUKI

イラスト
海奈
KAINA

Lovers Label

CONTENTS

✦本作品の内容は全てフィクションです。
実在の人物、団体、事件などにはいっさい関係ありません。

今日は朝から散々だ。来週にはアパートを出なきゃならないのに新居はまだ決まらないし、夏休み中は朝から晩までぎっしりバイトを入れてたってのに拉致《らち》されるし……っ！

Tシャツにジーンズといった恰好《かっこう》で高級車の後部座席に座っていた柴田和貴《しばたかずき》は、眉間《みけん》にありったけの皺《しわ》を寄せて不機嫌を表し、自分の隣に腰を下ろしているスーツ姿の男を見た。

年の頃は四十半ばから後半。

洋服に無頓着《むとんちゃく》な和貴が見ても、質のいいスーツを着ているのが分かる。

それだけではない。ネクタイも靴も……、とにかく彼は、身につけている物すべてが上等だった。

それは老齢の運転手と、問答無用で和貴を車の中に押し込み、今は助手席に腰を下ろしている青年も同じ。

とにかく和貴は、自分よりもいいものを身につけている連中に拉致された。

しかも白昼堂々。

「……俺は財産を持ってないし、身代金を出してくれる両親もいない。誘拐《ゆうかい》するだけ無駄だ」

「逆だよ、和貴君。君は、莫大《ばくだい》な財産を受け継ぐんだ。それと、変な顔をして怒るのはやめなさい」

なんだそれ。いくら俺でも、そんなのは嘘《うそ》だとわかる。

和貴は心の中で素早く突っ込みを入れると、腕を組んで前を向いた。

意志の強いきりりとした眉《まゆ》と一文字に結んだ唇。大きめの瞳《ひとみ》も、鋭い光を放っている。容姿で苦労したことはないが、和貴はそのことを重く見ていない。

「もう少し時間がかかるから、眠たかったら寝てしまえばいい」

「……この状態で眠ったら、俺はただのバカだ」

「はは、そうかもしれないね。……しかし、聞いていた情報と少し違うな。人なつっこくてお人好しじゃないのかい？　どうしてそんなに警戒するの？」

この状態で警戒しない人間がいるわけがない。

しかも和貴は、これからバイトに行こうとアパートから出ようとした矢先、問答無用で拉致されたのだ。

「私たちは君の命を危険に晒《さら》すようなことはしないよ。むしろ逆だ」

騙《だま》されてたまるかと、和貴は口をますます固く結ぶ。

「ああ……。そういえば私は自分の名前を言ってなかったね。倉持《くらもち》家の弁護士で高城《たかぎ》と言うんだ。ついでに、君をこの車に乗せた彼は、河野《こうの》君と言う。……そりゃ、名乗りもしなかった相手に気は許せないよね。ごめん、ごめん」

ようやく名乗った高城弁護士は、あっけらかんと笑って和貴の肩を叩《たた》いた。

……ますます信用できない。

和貴はひとことも喋《しゃべ》らぬまま、視線を窓の外に向け続けた。


「和貴さん。ようこそいらっしゃいました」

何度も逃げようとしたのを阻止《そし》されて、連れてこられたとあるホテルの最上階。

専用エントランスを通り、専用エレベーターに乗せられてやってきたのは、ラグジュアリーでスイートな、一般市民にはまったく縁のない夢のような空間。

和貴は、ドアを開けた途端に挨拶《あいさつ》をされてポカンと口を開けた。

黒のスーツを着た長身の男性が、和貴を見つめて嬉《うれ》しそうに微笑《ほほえ》んでいる。

日本人にしては彫りが深いが、外国人のようにバタ臭い感じはない。切れ長の瞳と薄い唇に、銀縁眼鏡《めがね》がよく似合っている。黒髪は整えられており、清潔感が漂《ただよ》っていた。

「和貴さんって……俺のこと？」

「ええ。私は水沢修一《みずさわしゅういち》と言います。……今日、このときから、あなたは私の新たな主《あるじ》です」

「は……？」

物腰柔らかで口調も優しい。容姿は端麗《たんれい》で、使用人としては申し分ないだろう。

だが和貴は、こんな立派な使用人を持った覚えがない。

大変不本意だが、ここは高城弁護士と河野青年に説明してもらおうと、彼らに視線を向けた。

「水沢君。いきなりそれじゃ和貴君はびっくりしちゃうよ。最初から説明してあげないと」

あんたが説明してくれるんじゃないの？

和貴は心の中でこっそり突っ込むと、高城を見て眉間に皺を寄せる。

「そうですね。……河野、外で待機だ」

修一は高城に軽く頷《うなず》いてみせてから、河野に命令した。

河野は一礼して、部屋の外に向かう。

「さて、と。長い話になりますので、こちらにお座りになってください」

「……あんたも、俺を拉致した仲間？」

広々としたリビングの、見晴らしのいい窓側に位置するソファに腰を下ろした高城と違い、
和貴はぴくりとも動かずに修一を見た。

「仲間ではありません。あなたは私の主です」

「笑えない。それ、笑えないから。何かのドッキリにしても、タチが悪すぎる」

和貴は首を左右に振って、その場に踏ん張る。

「ですから、あなたが納得せざるを得ない話をこれからするのです。さあ、お座りください」

「立ったままで聞く」

「ドアの外には河野が待機しています。彼は有能なボディーガードですので、あなたがここから逃げようとしても無駄ですよ」

和貴はあからさまにムッとした顔で、「やってみなきゃ分からないだろ」と言った。

和貴の両親は駆け落ちをして一緒になった。

それを知ったのは、中学も三年になってからだ。

父が晩酌《ばんしゃく》の時にポロリと口にした「駆け落ち」という言葉に、好奇心旺盛《おうせい》な年頃の和貴はすぐさま食らいついた。

平凡だと思っていた自分の両親が、そんな凄《すご》いことをやらかしたと知って驚いた。

どんなに説得しても、母の親が許してくれなかったことから、父は夜中に母を攫《さら》うようにして、地元から出たという。

「もっと聞かせろ」とせがむ和貴に、「親を困らせるんじゃないの」と話に割り込んできた母の照れ臭そうな赤い顔は、今でもよく覚えている。

どこにでもいる、普通の、でも幸せな家族だった。

高校二年の時、両親を事故で亡くすまで、和貴はこの幸せが当然だと思っていた。

それから和貴は、両親と一緒に暮らしていた古ぼけたアパートで生活した。

貯金は大した額ではなかったが、保険金と賠償金というまとまった金が入ったし、和貴自身もバイトをした。これなら、和貴が一人で慎《つつ》ましく暮らしていく分には問題ない。高校の同級生や教師、アパートの大家や親しくしていた近所の住人たちの善意にも随分助けられた。

大学を受験するかどうかには随分悩んだが、家庭菜園が大好きで、わざわざ土地を借りて野菜を作り、「いずれは田舎で自給自足の生活をしたい」という両親の夢を引き継ごうと、農学部を受験することに決めた。

奨学金を得るのも大変だったが、入試も大変で、無事合格できたと思ったら、今度は入学金やら教材やらに金がかかる。

和貴は、両親が遺《のこ》してくれた通帳と睨《にら》めっこしながら、勉強とバイトに日々明け暮れていた。

身よりのまったくない自分でも、どうにかやっていける。

大学生活を始めた和貴は、二年目になってようやく一人暮らしに自信が持てるようになった。

その矢先。

アパートの立《た》ち退《の》き、拉致監禁、実は身内がいました……という、三つの事件が立て続けに起きた。

修一の話を聞いていた和貴は、十分もしないうちにその場にがくりと膝《ひざ》をついた。

ありえない。

彼の頭の中には、その言葉だけが渦巻《うずま》く。

「あのじいさんが……俺の本当の祖父、だと……？」

自分が仲良くしていたのは、大家の茶飲み友達の「幸造《こうぞう》じいさん」で、決して実の祖父ではない。

大学受験に合格したことを、何かと世話になっていた大家に知らせに行ったとき、その老人はそこにいた。そして、大家と一緒に喜んでくれたのだ。「幸造じいさん」との付き合いは、そこから始まった。

どこに住んでいるのか知らないが、時折（大抵は夜遅くだったが）ふらりとやってきて、一階角部屋の和貴の部屋の窓を叩き、旨《うま》いものを差し入れしてくれた。

こんなことを思うのもなんだが、和貴は、自分は彼に孫のように可愛《かわい》がられていると感じていた。もし自分に祖父がいたら、きっとこんな風に優しいのだろうと想像した。

想像しただけだ。本当に和貴に祖父祖母がいれば、両親の葬式に現れただろう。もしくは、代理人が来ただろう。警察から連絡が行っているはずだから。

だが誰も来なかった。

「昔のことは水に流そう」と、誰もそんなことを和貴に言ってはくれなかった。

「……なんで今更、俺にそんなことを知らせるんだ？」

「あなたの母、悠子《ゆうこ》様のお父上である幸造様の願いなのです」

淡々と事務的に呟《つぶや》く修一に、和貴は険しい顔のまま首を傾《かし》げる。

「幸造様が亡くなられた場合、私からすべてをあなたに話すことになっております」

和貴の瞳が見開かれた。

「死んだ？　うそだろっ！　俺、引っ越す前に最後にお茶を飲もうって約束してたんだっ！　俺が育てたヘチマをもらってくれるって。知ってるか？　ヘチマはみそ汁の具になるんだっ！」

『本当に野菜が好きなんだねえ。今度うちの土地を耕《たがや》しに来てくれないかい？』

結局、和貴は一度も畑を耕しに行くことはなかったが、それでも、幸造が挨拶代わりに使うこの言葉にいつも笑って頷いた。

「……あんなに元気そうだったのに。そりゃもう血行がよくて、絶対に百歳を超えるまで生きるだろうって思ってたのに。人生ってのは……分かんないもんだな」

「まったくです。健康だったはずの幸造様は脳溢血《のういっけつ》で亡くなり、苦学生のあなたは大金持ちになりました」

修一の言葉に、和貴の眉がひそめられる。

「大金持ち……？」

「ええ。幸造様は、投資家の中では大変有名な方なのです。そして、全財産をあなたに遺されました」

ソファにふんぞり返っていた高城弁護士が「正式な遺言状もあるよ」と口を挟《はさ》んだ。

「いくら俺がお人好しでも、そんな嘘には騙されない。どうせ、美味《おい》しいことを言ったあとで、『はい、ここにハンコ押してね』とか言うんだろ？　そんなにチョロく見えるのかな、俺。どんなに頼まれても、誰の保証人にもならないし、バカ高い布団や健康食品は買わないぞ」

そうだとも。今まで何度、危ない目にあってきたか。俺が親身に話を聞いてやった連中はみんな、最終的には「金を貸せ」だった。友達としてじゃなく、財布として見られていた俺の気持ちなんか、誰も分からないんだ。みんな、貧乏人の俺から金をむしろうとしやがって。

和貴は思わずいやな過去を思い出し、警戒態勢に入った。

「あなたが信じようと信じまいと、これは事実です。そして、幸造様の遺産の中には、私も含まれております」

修一は自分の胸に右手を置き、「相続してください」と詰め寄る。

「夏場に生ものはいりません。すぐ腐る」

「……退屈なジョークは教養を疑われますので、やめた方がよろしいと思います」

「真面目《まじめ》に答える方もどうかと思う」

和貴はのそりと立ち上がり、腰に手を当てて修一を睨んだ。

「もしそれが本当だとしても……俺は大金なんていらない。余計な金はトラブルの元だ」

「幸造様の遺言です」

「自分の娘の葬式に来なかった祖父《じい》さんだぞ？　今更身内面されても困るっ！　俺はいらないったらいらないっ！　放棄しますっ！」

和貴は両足で踏ん張ると、駄々を捏《こ》ねる子供のように両手を振り回し、「いらない」を連呼する。

様子を見ていた高城が、いきなり腹を抱えて笑った。

「その怒り方、悠子さんにそっくりだ。男の子は母親に似ると言うけれど……本当だね」

「弁護士さん……。あんた、母さんと知り合いなのか？」

和貴は視線を高城に移す。

「ああ。ついでに言うと、君のお父さんも知ってるよ。彼はバイトで、倉持邸の庭仕事をしていたからね。バルコニーの上と下で見つめ合う二人は、さながらロミオとジュリエットだった。私は当時高校二年生で、何度か話をしたことがある。優しくていい人だった」

倉持邸というからには、さぞかし大きな屋敷なんだろう。

和貴はほんの少しだけ、両親が出会った場所を見てみたいという気持ちになった。

「積もる話はいつでもできます。今あなたがすべきことは、遺言通りに遺産を相続することです。頷かなければ、命が危《あや》うい」

何それ。

和貴は目を丸くして修一を見た。

「なんでいきなり物騒な話になるんだ？　俺が相続を放棄すれば、遺産は親戚に行くんだろ？　普通はそうだと思う」

「ええ。普通であれば。……ですが遺言状には、あなたが相続しない場合は全額福祉関係に寄付をすると記されています。親族には渡りません」

「大金持ちなのに、全額寄付？　親戚の誰にも渡らないとなると……俺、物凄く恨《うら》まれそうな気がするんだけど」

「あなたが相続するだけでも恨まれます」

「……なぜ」

「高城弁護士が葬儀終了後、親族の前で遺言状を読んだからです」

「まあ……遺言状があるなら……普通は親戚に知らせるもんな。そっか……。俺は、見たことも会ったこともない、血が繋《つな》がってるだけの連中に恨まれてるのか……」

俺はただ、静かに暮らしたいだけなのにと、和貴は小さなため息をつく。

田舎で田畑を耕して生活したいというのは両親の夢だが、それは、引き継いだ和貴の夢にもなった。

畑を耕すのは楽しい。

化学肥料を使わず、無農薬で作った野菜の小さな虫食いのあとは可愛いし、不格好な形や色にも心惹《ひ》かれる。一番素晴らしいのは、信じられないほど旨いということだ。

いつか田舎に引っ越して自給自足の生活をしたい。そのためにはある程度の金額は必要だろうが、祖父の遺産を使う気はない。

特に、ついさっき知ったばかりの祖父の遺産は。

「だったらさ、こういうのはどうだ？　俺は、置き物かなんかを相続する。残った遺産は親戚が相続すればいい。そうすれば……」

「わかっていませんね」

修一は苦笑を浮かべると、和貴に近づく。

「な、何がだよ」

「あなたは、私たちが誘拐するようにあなたをここに連れてきた理由が、わかっていないということです」

そういえばそうだ。遺産相続の話なら、和貴のアパートでも出来た。

それをなぜ、わざわざ高級ホテルの最上階まで連れてこられたのか、和貴には皆目見当がつかない。

「なんで？」

「命の危険があるからです」

和貴は「冗談だろ」と強《こわ》ばった笑みを浮かべたが、修一の表情は少しも変わらない。

「ここからは私が話をしようかな。水沢君は、お茶の用意をしてくれ」

高城はゆっくり立ち上がり、修一はカウンターへ移動する。

呆然《ぼうぜん》として、動けずにいるのは和貴だけだ。

「倉持の親戚たちは、君の母親である悠子さんが亡くなったことを知っている。悠子さんが生きていれば、彼女は全額相続するはずだった。幸造様の奥様は、悠子さんを出産して数年で亡くなってしまったからね」

和貴は小さく頷いて、ちゃんと話を理解していると態度で示す。

「遺産は原則として直系の子孫が相続する。つまり、君は遺言状があろうがなかろうが、生きている限り正当な相続人なんだ」

「……それ、ちょっと待って、弁護士さん。俺に考える時間をくれ。なんかいやな予感がする」

和貴は腕を組み、真剣な表情を浮かべた。

正当な相続人がいるにもかかわらず、幸造がわざわざ遺言状を遺したというのは、遺産問題で親戚が揉《も》めるのを避けるためだ。

それは和貴にもわかる。

いくら孫でも、ポッと出の人間に何もかもを横から攫われるのは気持ちがいいものではない。

そして、和貴が相続を放棄すると遺産は全額寄付されるということから、幸造は親戚をよく思っていない、もしくは嫌っていたか憎んでいたと考えられる。

もう一つ。

和貴が遺産を放棄した場合は親戚に恨まれるだけだろうが、相続した場合……。

「そろそろ話をしてもいいかな?」

「弁護士さん。もし俺が遺産を相続しても……俺には配偶者や兄弟はいない。つまり、相続させる人間がいない」

「ええ。和貴君が不慮の事故で亡くなった場合、遺産相続の権利は倉持の人間になります。幸造様には七人の弟妹がおりまして全員ご健在。その方たちが遺産を相続することになりますね」

不慮の事故って……そんなのありえないだろ。

和貴は頬《ほお》を引きつらせて俯《うつむ》く。

「さあ、お茶の用意が出来ました。立ったままお茶を飲むという不作法は、私が許しません。和貴さん、座ってください」

ティーポットとティーカップ、クッキーを乗せた銀色のトレイを持った修一は、和貴を促《うなが》しながらソファセットに向かう。

「不慮の事故」は、地味だが確実に効くボディーブローのように、和貴を落ち込ませる。

彼は文句をいう元気をなくし、ソファに身を沈めた。

「私たちとしては、是非とも和貴君に遺産を相続してもらいたい」

「私の相続まで放棄するとは、なんとも悲しいことです」

高城の呟きには耳を傾ける必要はあるが、修一の言葉は聞かなかったことにしたい。

和貴は旨い紅茶をしかめっ面《つら》で飲み干すと、無言でお代わりを要求した。

「金や土地はともかく……なんで俺が人間を相続しなくちゃいけないんだ？」

「私はあなたに相続していただくために、わざわざ主に暇乞《いとまご》いをしてここに来たのです」

「だからね、ヒツジさん」

「ヒツジではなく執事です。シ・ツ・ジ」

修一は和貴のカップに二杯目の紅茶を注ぎながら訂正する。

「滑舌《かつぜつ》が悪くてすいませんでした。そして俺は、やはりというか当然というか、遺産を相続する気はまったくございません。そんな面倒な金や土地をもらっても、絶対トラブルが起こる」

その言葉に、高城と修一が顔を見合わせてニヤリと笑った。

「あのね、和貴君」

高城はニヤけた顔のまま、言葉を続ける。

「私たちは、そのトラブルを起こす人間が何人いるのか知りたいんだよ。悔しい、どうにかしたいと思うだけで終わる人間と、それを実行に移す人間が誰なのかね。倉持の血筋は激情家が多いから、見当の付けようがないんだ」

「弁護士。おい弁護士。俺に身の危険が迫っていると言っておきながら、囮《おとり》に使う気か？　なんて悪徳弁護士なんだ。最悪だ」

和貴は鼻に皺を寄せて高城を睨んだ。

「だからね、和貴君。最高の執事と最高のボディーガードを付けてあげたんだよ。……河野君もここに呼んだ方がいいね」

高城は立ち上がり、ドアに向かう。

「ボディーガードは分かるけど、命の危険に執事が必要ってなんだ？　おかしくないか？」

和貴は、胡散《うさん》臭そうな表情で修一を見た。

「これから命の危険に晒《さら》されるだろうあなたの体調管理、身の回りの世話をするのに執事は不可欠です」

「自分の世話は自分で出来る」

「いけません。なんのために私がいるのですか」

「あーあーあーっ！　話が進まないっ！　俺は自分のアパートに帰るったら帰るっ！」

和貴は大声で叫ぶと、スイートルームからの脱出を試みる。

全速力でドアに向かった和貴を、こっちに向かってきた河野が難なく受け止めた。

「情けがあるなら俺を逃がせっ！」

「情けがあるからこそ、あなたを確保しました」

和貴は河野の肩に担《かつ》がれ、再び修一の元に戻る。

「……だったらさ、和貴君。こういうのはどうだい？　逃げて痛い目を見るのではなく、正面から立ち向かうってのは。この際、君が遺産を相続するか否かは置いておいてだね……私たちに協力してくれないか？　もちろん無料ではない。バイト代を支払おう」

高城は、「協力」と「バイト代」という言葉を強調して提案した。

「俺は……」

和貴は、拗《す》ねた子供のように唇を尖《とが》らせて俯く。

ずっと放って置かれた祖父のために協力する気にはなれないが、「バイト代」には惹かれる。

和貴には、巨額の遺産よりも汗水流して働いたバイト代の方が大事だった。

「……いくら出す？」

「一日五万で、期限は夏休みいっぱい。君の大学の夏休みが終わるまでに片を付けたい」

「そんなにいっぱいっ！」

「危険報酬《ほうしゅう》と思いなさい。君は夏休みの間、水沢君と河野君に守られてここで暮らすこと。君を攻撃するような輩《やから》が現れた場合、好きにしていい。それがバイトの内容だ。どうだい？　引き受けてくれるかな？」

魅力的だ。

信じられないほど魅力的な日給だ。

和貴はごくりと喉《のど》を鳴らし、自分の心の天使に答えを求める。

案《あん》の定《じょう》天使は「高城さんは物凄く困ってるよ？　助けてあげなくちゃ。ね？」と囁《ささや》く。

そして、心の悪魔も和貴に似たようなことを言った。

「受けなきゃ受けないで危険な目に遭うんだろ？　だったら、大枚もらった方がいいに決まってる」と、和貴の罪悪感や後ろめたさを和《やわ》らげた。

それに和貴は、自分の祖父だという「幸造じいさん」のことを、もう少し知りたかった。

口ではどんなに「関係ない」と言っても、気持ちは治まらない。

優しい幸造じいさんと冷淡な祖父をイコールで繋ぐにはギャップがありすぎて、両親の昔話さえ作り話に聞こえてくる。

和貴は、どうして何も打ち明けてくれなかったのか、祖父の胸の内を知りたいと思った。

「ちゃんと君を守る。どうかな？　引き受けて……」

和貴は両手の指を閉じたり開いたりしていたが、高城の提案にようやく返事をする。

「わかった。……そんなに困ってるなら引き受ける。ただし、これは単なるバイトだ」

「よかった。ではバイトは今からだ。詳しいことは、水沢君から聞いてくれ。私は私で、やらなければならないことがたくさんある」

高城はそう言うと、修一が入れた紅茶を飲まずに立ち上がり、元気よく部屋から出て行った。

「俺……取《と》り敢《あ》えず着替えを取りに、アパートに戻りたいんだけど」

「そういうことは、私たちに任《まか》せなさい。あなたはこの部屋から出てはいけません」

修一は銀縁眼鏡のフレームをくいと持ち上げ、冷ややかな声を出す。

「他人にタンスの中や押し入れを掻《か》き回されたくないっ！　……って、それより大事なことを忘れてたっ！　本来のバイトをキャンセルして、新しいアパートを探さないとっ！」

和貴の怒りの叫びは、途中で悲鳴に変わる。

着替えどころか、家財一式を新居に移動……つまり引っ越しをしなければならない。

「引っ越しっ！　俺、引っ越しがあるっ！　バイト先にも謝って……っ！」

「和貴さん、落ち着いて」

「これが落ち着いていられるかっ！」

両手を振り回しながら挙動不審な態度を取る和貴の肩に、修一の手が置かれる。

「あなたは、命令すればいいのです」

「何を言って……」

「私はあなたの執事です。主の命令を完璧に遂行するのが私の務め」

修一はそう言うが、和貴は険しい顔で首を左右に振る。

彼は遺産を相続することに頷いていない。だから、「遺産の一部」だという修一に命令することはできない。

……というか和貴は、会ったばかりの修一に変な借りは作りたくなかった。

「あなたの望みはなんでも叶《かな》えて差し上げます。さあ、私に命令しなさい」

なんて強引な執事なんだっ！　そして妙に凄みがあって怖いですっ！

和貴は明後日《あさって》の方を向くと、警戒する獣のように低く呻《うめ》いた。

「他人に命令するのに慣れていないというならば、『お願い』という言葉に変えても構いませんが。いがかします？」

修一は、ますます和貴に迫る。

「う、うー……」

「人間の言葉を話しなさい。日本語でも英語でもフランス語でもドイツ語でも……とにかく、人間の言葉であれば私は理解できます」

「……え？　ホント？」

「私は完璧な執事ですので。どの主にも大変重宝されました」

淡々と言うので偉そうに聞こえないが、自慢していることには変わりない。

和貴は胡散臭そうな表情で彼を見つめていたが、このままでは埒《らち》があかないと、ため息をついてなおざりに頷く。

「はいはい。じゃあ、お願いしますよ。俺の部屋にある荷物を、全部保管しておいてください。あ、ベランダのプランターは、ここに持ってきてくれ。俺が育てたい。それと、電気とガスと水道を止めておいてほしい」

「了解しました。さっそく手配します」

修一は和貴に一礼すると、リビングルームから出て行く。

「俺が知ってる執事は……って言っても、映画の中のだけど、みんな年寄りなんだけどな。あの人みたいに若い執事なんて初めて見た」

和貴はどかりとソファに腰を下ろし、番犬のように自分を見張っている河野に言った。

「水沢さんは三十四歳なので、そんなに若くはないです」

「いやいや、『執事』としては若いだろ？ ……ところで河野さんって幾つ？」

「二十七です。ボディーガードとしてはまたまだ新米ですか、よろしくお願いします」

「充分しっかりしてると思う。……これから俺は、夏休みが終わるまで毎日毎日同じ人間と顔を合わせるわけか。つまらなそうだな」

和貴は大げさにため息をついて、オットマンに足を乗せる。

「ここのスイートにはビリヤードやダーツ、最新のゲーム機器、フィットネス器具が揃《そろ》っていますから、そんなに退屈しないと思います。テレビのチャンネルもたくさんありますし」

「『菜園天国』や『ファーマーズ・ライフ』も入ってるかな？」

それらの番組はＢＳ放送で、趣味で農作物を作っている人々や、いずれは田舎で暮らしたいという夢を持っている人々から絶大な人気を誇っていた。

和貴は番組の別冊ムックしか見たことがないので、是非ともこの目で番組を見たいと思った。

「そこまでは。番組プログラムを見れば分かると思いますが……和貴さんは農業に興味があるんですか？」

河野は定位置から一歩前に出て、和貴に尋ねる。

さっき和貴を捕まえたときの険しい表情はなく、今は整った容姿の好青年になっていた。

「俺、将来は田舎で自給自足の生活がしたいんだ。だからそのために必要な知識や知恵を蓄えたい。だから大学も農学部を選んだ。とは言っても二年だからまだ一般教養なんだ」

「農業のほかに、医師の資格や電気工事の資格、土木作業に必要な資格なども取得するといいんじゃないですか？　船舶の資格もいいと思います。澄んだ空気と素晴らしい景色を持つ場所というのは、大抵不便な場所にあります。都心のように、電話一本ですぐ解決しないでしょうから、備えあれば憂いなしと」

夢がいきなり現実味を帯びた。

和貴はポカンと口を開けて、河野を見つめる。

「何かおかしいことを言いましたか？　私の祖父母の住んでいるところが数年前まで無医村で、大変苦労したそうです。ですから、ほんの少し提案してみたのですが」

「い、いや……、そうだよな……実際暮らすとなると……いろんな問題が出てくるよな。うん。ふわふわした夢ばかり語っても仕方ない。俺も、生きていくのに必要な資格を取れるだけ取ってみよう」

和貴は真剣な表情で、「よし」と小さく呟いた。

「そういう前向きなところは、素晴らしいと思います。頑張《がんば》ってくださいね」

河野が笑顔で激励する。

その笑顔が子供のように可愛くて、和貴はつい釣られて笑った。

そこへ、修一が戻ってくる。

「手配はすべて整いました。プランターは、明日の午前中にこの部屋に届きます」

「……ありがとうございます」

「執事が主に奉仕するのは当然です。感謝の意は必要ありません。そして……」

修一が、ずいと和貴に顔を近づけた。

「あなたが私に敬語を使う必要はありません」

「いや……でも……」

「私たちは主従関係なのですよ?」

それはあんたが勝手に言ってるだけでしょっ!

声に出すと怖そうなので、和貴は心の中でザクッと突っ込む。

「そういう……主従関係ってのも、バイトの内容に入ってるわけ？」

「当然です。遺産の一部である私があなたに従っていると知れば、親戚たちは『柴田和貴は遺産を相続した』と誤解するでしょう。それが狙《ねら》いです」

「俺の命がかかってる危険なバイトなのに、よくも淡々と言うよな」

和貴は唇を尖らせて、ぷいとそっぽを向く。

その仕草は小さな子供のようで、河野は思わず吹き出した。

「なんでそこで笑うかなあ、河野さん。俺を守ってくれるなら、もっとこう……シャンとしてくれないと困る」

和貴は河野を見上げ、どこか甘えの混じった声で文句を言う。

「私は遺産の一部です」「相続しなさい」と迫る修一よりも、さり気なく気を遣って世間話をしてくれる河野のほうが取っつきやすいのは当然だ。

「ずっと俺の傍《そば》にいるなら、遊び相手もしてくれるんだろ？　ビリヤードってやったことがないんだけど、教えてくれる？」

「ええ。喜んで」

河野は笑みを浮かべて頷く。

「それと、食事もここで食べるんだろ？　毎日ルームサービスなんて金がかかることはしないで、自炊しよう自炊。これだけ大きな部屋なら、キッチンだって付いてるはずだ」

和貴は素早く立ち上がると、河野の腕を摑《つか》んで「探検に行こう」と誘った。

だがそれは、冷ややかな修一の声で遮られる。

「主の世話をするのは執事である私の役目。河野ではありません」

「そうは言うけど……」

河野さんの方が、年が近くて気さくだから話し易いんですよ、シツジさん。そして、そんな鋭い目で俺を見るな。凄く怖い。

和貴はこっそり心の中で突っ込みを入れ、こそこそと河野の後ろに隠れた。

「……仕方がない」

修一は小さなため息をつくと、眼鏡のフレームをくいと上げる。

「大事な話があります。こちらへどうぞ」

「なんだよ。まだ話し忘れてたことがあるのか？」

和貴は偉そうに言うと、修一に促されてマスターベッドルームへ入った。


キングサイズの広々としたベッドが真ん中に鎮座《ちんざ》し、窓際にはちょっとした軽食が食べられるテーブルと椅子《いす》のセットがある。ドア横の壁には備え付けのクローゼット。ベッドの反対側の壁には物書きが出来るデスクと椅子があった。乳白色の壁にダークブラウンの家具と寝具がよく似合っている。

リモコンで開閉される窓のカーテンは、今はぴったりと閉じられていて風景が見えない。

修一は和貴を部屋に入れてドアを閉めると、照明スイッチを入れた。

和貴はベッドの端に腰を下ろし、子供のように足をぶらぶら動かす。

「……こんなに早く、あなたを危険な目に遭わせることになるとは思っていませんでした。幸造様が亡くならなければ、あなたは大学を卒業してから遺産を相続する予定だったのです」

「卒業してから？」

「ええ。そのために、高城さんや私が随分前から動いていたのです」

「祖父《じい》さんは……金で全部解決しようとしていたのか」

「そういう方法でしか償《つぐな》えない方だったのです。……ですから私が、和貴さんが今まで寂しい思いをした分、しっかりお慰めします」

はい？

和貴は眉間に皺を寄せ、修一を見上げた。

彼は、同性でさえ見惚《みと》れる美しい微笑みを浮かべる。

その微笑みに、和貴は耳まで赤面した。

「あ、あの……ですね。水沢、さん」

この人の銀縁眼鏡までキラキラして見える。こんな優しそうにニッコリされたら……クラッとくるじゃないかっ！　男でもクラッとくるじゃないかっ！　マジでヤバイって。俺の中の警報装置が、今作動しましたっ！

和貴はダラダラといやな汗を掻き、視線を泳がせる。

「私は、あなたが中学生の頃から知っているのですよ」

「え……？」

「もちろん、声をかけたことなど一度もありません。幸造様の命令で、時折あなたの様子を見ていただけです。最初は『単純な仕事』と思っていました。しかし……あなたの成長を陰で見守っていくうちに、私の中に……あなたが愛《いと》しいという気持ちが芽生《めば》えたのです」

そういう……一方的な思いを告白されても困ります。

何か喋《しゃべ》ったら墓穴を掘りそうだと思った和貴は、とにかく心の中で突っ込み続けた。

「ブカブカの学生服を着て歩いている姿。雨の中、傘を忘れて走る姿。野良猫に弁当の残りを与えている姿。女子生徒にゴメンナサイされて、しょんぼりしている姿。ほかにも、様々なあなたの姿を、陰から見守っていました」

シツジさん、シツジさん。それ、世間ではストーカーと言いませんか？

和貴は心の中で切なく呟き、うっとりと胸に手を当てている修一にしょっぱい表情を見せる。

しかし修一は和貴の表情を無視して、言葉を続けた。

「そして、葬儀の時のあなたを見て、私の心は決定しました。愛しくてたまらない。どこまでもお世話して差し上げたい。一生尽くしたいと……。幸造様も、私が和貴さんを守ることに賛成してくださいました。ですから……私は生涯、あなたの傍でお仕えします」

修一は微笑を浮かべたまま、和貴の両肩に手を置く。

「そんな……壮大な……」

俺は誰かに尽くされるような……そんな大層な人間じゃない。貧乏だけど、どこにでもいる大学生だ。特別な何かを持ってるわけじゃないのに。

和貴がそう思うのはもっともだ。

修一は昔から和貴を知っていて、おそらく彼の性格も把握《はあく》しているだろうが、和貴が修一を知ったのはついさっき。

美形だが、どこか思いこみが激しいストーカー気質の執事としか認識していない。

「くだらない騒ぎを起こす親戚たちを大人しくさせた暁《あかつき》には、正式に私を相続してください。私はあなたを完璧に満足させることができる」

修一の、銀縁眼鏡の奥の瞳がキラリと光る。

「満足って……いやその……俺は……、遺産を相続する気はないし、いずれは田舎で暮らそうかと……」

「お一人で自給自足の生活は無理です。ですが私が傍にいれば、農作業どころか、山羊《やぎ》や鶏《にわとり》の世話、犬のしつけ、猫ののみ取りまで完璧にこなしましょう。どうせなら、牛や豚も飼いませんか？　山羊や牛の乳でチーズを作り、豚にはポークとして資金源になってもらう。エコを目指すのであれば、トラクターの代わりに農耕用の馬を二頭ほど飼いましょう」

河野が言っていた田舎生活よりも、より一層具体的な話。

和貴は思わず両手を握り締め、瞳を輝かせた。

「野菜はどうにかなると思うんだ。それより米。水田をどうしようかと思ってるんだ。自分で田植えをするか、近所の農家から買うか」

「最初から、何から何まで作ろうとすると失敗します。どうしたらいいと思う？」

あなたが一番したいことは？」

「無農薬野菜を作りたい。力仕事は苦じゃない。一日中畑仕事が出来るなんて凄く幸せだと思う。それで、風呂に入って汗を流して……満天の星空を見上げながらビールを飲む。最高の毎日じゃないか」

「……一人きりで、ですか？」

「一人きりは寂しいけどさ、これは両親の夢であると同時に俺の夢でもあるから、仕方ないよ。人恋しくて我慢できなくなったら、友達に電話したり会いに行ったりすればいい」

「ですから、私が傍にいると言ったではありませんか」

そのお綺麗《きれい》な顔で、俺と一緒に畑を耕すんですか？　水沢さん。

和貴は、首にタオルを巻いた修一が鍬《くわ》を担いでいる姿を想像して苦笑する。

「冗談ではありませんよ？　私は七年間……あなたを見ていた。最後の一年は、ほぼ毎日です。私は、心血注いでお世話をする主をずっと捜し続けていました。礼儀作法やしきたりをマスターし、なんのフォローも必要としない主は、完璧な執事である私には必要ないのです。完璧な執事に必要なのは、常に手を差し伸べなくてはならない、危うい主です。ですから……私が執事として、あなたを立派な主に育て上げましょう」

つまり俺は、欠陥だらけのダメ主ってことですか。

和貴は心の中でサクッと突っ込む。

自分では「そんな立派な人間じゃない」と思っているが、それを他人に言われると腹が立つ。

「あんたは……自分が際だつために……俺の傍にいたいのか……？」

「まさか。執事は出しゃばりません」

「でも……っ！」

思わず立ち上がろうとした和貴は、修一に肩を押されてベッドに尻《しり》をつく。

「あなたに危険が及ぶ場合は違います。私は喜んで楯《たて》となり、あなたを守りましょう」

「そういう……恋に落ちそうな台詞《せりふ》を、俺に向かって言われても……」

修一は何も言わずに苦笑した。

「俺……遺産を相続するかどうか分からないのに、そんなに真剣になっていいの？」

「いい加減な気持ちであなたに接することはできません」

それは恋に落ちる台詞。

和貴は説明のしようのない疼《うず》きが心の奥からわき上がるのを感じ、頬を染める。

「……照れる。物凄く照れる」

「なぜ?」

「ストーカーみたいだし思いこみ激しそうだけど……、水沢さんって……綺麗だから」

男に綺麗というのはおかしいが、今の和貴にはそれしか思いつかなかった。

「すべて、あなたの物ですよ」

きゃーっ! なんてキザッ! こんなに大事にしてもらえるなら、きっと一生、浮気の心配もいらないねっ! 好かれた人は羨《うらや》ましいねっ!

和貴は照れが高じて笑い出す。

「好きな相手には、とことん尽くすって感じ。……彼女とかいないの?」

「過去には、それなりに。ですが今の私は、あなたしか見ていません」

「ちょ、それやめて。恥ずかしいからやめて。まるで恋人に言うみたいだ。バイトではあるけど、俺たちは主従関係です」

和貴はベッドに仰向《あおむ》けに転がり、笑いながら手足を振り回す。

「ええ、あなたは私の主です。……ですから、主のためならば、どんなことでもいたします」

ベッドのスプリングが小さく揺れて、修一が和貴に覆《おお》い被《かぶ》さった。

「え？　な、何……？」

「あなたを快感で慰めることも、私の仕事のうちです」

突然のことで、和貴はリアクションできなかった。

執事は主の身の回りの世話をするのは当然だ。だが、下半身の世話までするものなのだろうか。

それとも、和貴が知らないだけで、世界の富豪の屋敷では倒錯《とうさく》的なことが日常的に行われているのかもしれない。

和貴は、ほしい物は何もかも手に入れてしまった人々の行き着くところはアブノーマルなのかと、世界の富豪が聞いたら憤慨《ふんがい》するようなことを思った。

「俺は……今日初めてあった相手と……こんなことをするのは……だめじゃないかと……っ！

ほら、知らない人に付いていったらダメだとか言うじゃないか。それと似たようなことで……。

それに俺たちは男同士で……、いや俺は差別はしない。相手が男でも、好きになるって気持ちは大事だろ？　でも俺たちはそういう関係でもないし……ええと……シツジさんっ！」

ジーンズのファスナーを下ろされながら、和貴は体を捻《ひね》って精一杯抵抗する。

「こういうことも出来るのだと、あなたには知っていただかないと」

「今知ったっ！　今知ったから……もう……いいですっ！」

「なるほど。……続けてもいいということですね」

ああ、俺って大失敗。

こういう場合は「イヤだからやめろ」とハッキリ言わなければ、相手の思うつぼなのだ。失敗すると「高い壺《つぼ》」を買わされる。

そして和貴は……。

「あのな……っ……、ちょっと……っ……あ、あ、あ……っ」

執事の、神業《かみわざ》的指先でジーンズと下着を脱がされた和貴は、彼に雄《おす》を握られた途端、体から力が抜けてしまった。

「和貴さん……？」

「も、それ以上……だめ……だって」

「私は、あなたの性器を握っているだけで、まだ何もしていませんが。……ああ、徐々に硬さが増してきましたね」

「だから……だめ、だって……っ。俺だって……滅多にしないのに……そうやって勝手に触られたら……」

和貴は上擦《うわず》った声を漏《も》らし、両腕を交差して顔を隠した。

「健康な青少年が、自慰を滅多にしないと？　何か理由があるんですか？　私は執事として、あなたのすべてを把握しなければなりません。言ってください」

修一は、和貴の雄をゆるゆると刺激しながら、きわめて冷静に尋ねる。

「んぅ……っ……、指……動かすなってば……っ！」

ほんの少し擦《こす》られただけで、和貴の体は甘く痺《しび》れ、雄の先端からは透明な蜜《みつ》が滲《にじ》み出た。

経験のないのが一目で分かる薄桃色の雄は、いやらしい蜜でしっとりと汚れていく。

「敏感なのは恥ずかしいことではありませんよ、和貴さん。それともほかに、理由があるのですか？」

和貴の雄に、じれったい愛撫《あいぶ》が繰り返される。

それだけではなく、Tシャツの上から乳首まで撫《な》でられる。

「あ、あぁ……っ……バカ……っ！　一気に……いろんなところ……弄《いじ》るなっ！　そういうの、ダメだってっ！　……俺……すぐ変になるんだから……っ！」

ダメだと言いつつ、和貴は少しも抵抗できなかった。

和貴は快感に弱い。

いや、弱いとは違う。好きで好きでたまらないのだ。

別に特別な経験があるわけではなかったが、一度感じてしまうと、どこまでも快感を追いかけて貪《むさぼ》ってしまう。

自慰を覚えたての頃はまだよかった。

射精をするという行為だけで満足できた。

しかし成長するに従って、体はそれだけの刺激では物足りなくなっていた。

射精できなくなるまで自慰を繰り返しても、体の疼《うず》きは取れずにスッキリしない。当然、集中力は下がるし、苛々《いらいら》する。

だから和貴は、よほど体が辛《つら》くならない限り、自慰はしなかった。セックスする相手がいればまた別かもしれないが、盛りの付いた動物のようになってしまうのが怖くて、未《いま》だに経験がない。

それに、告白することがヘタなのか、変に焦《あせ》って気持ち悪がられるのか、恋人ができたためしがなかった。

なのに今、「自分の執事」が、その秘密を暴《あば》こうとしている。

「やめ……やめてくれ……っ……」

「こんなに感じているのに、やめても構わないと?」

「やめて……もうやめて……俺……気持ちいいのが凄く好きで……でも……こんなのおかしいって分かってるんだ……、だから……これ以上……」

恥ずかしいことをしてしまったり、ねだったりしたくない。

Tシャツの上から乳首を弄られ、じわじわと雄を扱《しご》かれながら、和貴は恥ずかしい秘密を暴露してしまった。

触れられた場所から火のような熱が発生し、和貴の体を物凄い勢いで駆け巡る。

「恥ずかしがることはありません。私は、あなたがしてほしいことをするために存在するのですから」

「でも……、でも俺……こういうのって……」

和貴は修一を見上げてすがり、切ない吐息《といき》を漏らす。

「本当に……気持ちいいことだけしか……考えられなくなるんだ……それで……、ん、んんっ」

和貴は言い終える前に、修一のキスで唇を塞《ふさ》がれた。

経験のないキス。

和貴の口腔《こうこう》は修一の舌でくまなく愛撫され、唾液《だえき》まで奪われる。

呼吸をしようと顔を背《そむ》け、ようやく息をついだところですぐまた捕まり、今度は舌を犯される。ぬるぬると輪郭をなぞられると、初めての快感に腰が浮いた。

「ふぁ……っ……、あ、ああ……っ……、やぁ、やだ……っ」

和貴は、胸に小さな痛みを感じて体を強ばらせた。

修一の指が、Tシャツの上から両方の乳首を撫で回している。

さっきまで雄を握っていた右手はTシャツを濡《ぬ》らして、淡い色の乳首が透けて見えた。

「なんで……そこ……っ」

「あなたは敏感なので、きっとここの愛撫だけで射精できますよ。……ほら、こんなに硬くなって、まるで小さな果実のようです。愛らしいですね」

安物のTシャツは生地が薄く、その下の可愛らしい突起の大きさを隠せない。

「は、恥ずかしい……よ……っ」

今日初めて会ったばかりの男に、蜜が滴《したた》るほど雄を勃起《ぼっき》させられ、愛撫に反応した乳首まで見られる。

和貴は激しい羞恥心《しゅうちしん》に目尻に涙を浮かべるが、それと同時にもっと嬲《なぶ》って快感を煽《あお》ってほしいと願った。

「和貴さん、恥ずかしいだけですか？　私の愛撫は、あなたを満足させていないのですか？」

「ち、違……う……っ……、俺……っ、や、あぁ……っ」

きゅっと両方の乳首を摘《つま》まれた和貴は、背を仰《の》け反《ぞ》らせて甘い悲鳴を上げる。

だらしなく開いた足の間は、快感の蜜でとろとろに濡れていた。

「そう。素直に感じてください。私の可愛い主」

「だ、だめ……そこだけじゃ……俺……イケない……」

和貴は達したい一心で、自分の右手で雄を掴んだ。

そして修一に乳首を愛撫されたまま、乱暴に扱いて射精する。

吐精は和貴の指だけでなくTシャツまで汚した。

「は……っ……」

和貴は、いつもと違う状態で射精したのだから、体の疼きは止まるだろうと思っていた。

しかし体を苛《さいな》む甘い熱は、消えていくどころかますます広がる。

「なんで……だよ……っ……。こんなの……恥ずかしくて……死ぬ」

「そんな可愛らしいことを言わないでください。……私は自分の仕事を忘れて、あなたを苛《いじ》めてしまいそうになる」

修一の優しい声に、和貴はぞくりと鳥肌を立てた。

どんなふうに苛められるのだろうと思うだけで、体が期待に震える。

けれど和貴は、嬲られることを期待しているのかと思われるのがいやで、「どんなふうに」と尋ねることはできない。

だから、これしか言えなかった。

「どうにかしてくれ……。頼むから……俺を……気持ち良くして……」

「ええ。私の可愛い主。あなたの望むように」

修一は嬉しそうに微笑んで、和貴の体を四つん這《ば》いにさせる。

これから何が起きるのかは分からないが、和貴は修一にすべてを委《ゆだ》ねた。


柔らかなシーツに、白濁とした液体が染み渡っていく。

和貴は、快感の涙でぐしゃぐしゃになった顔を枕に押しつけていた。

修一の指を後孔に受け入れ、何度も強制的に射精させられる。

他人にコントロールされる射精は、我を忘れるほどの快感と苦痛を伴った。

指を挿入するときに使用した潤滑剤が、まるで愛液のように和貴の股間《こかん》から内股《うちもも》、膝へと流れていく。

そのぬるりとした気味の悪い感触さえ、和貴は快感に思えた。

「最初は一本でもきつかったのに、あなたはすぐに指を銜《くわ》えることを覚えましたね。もう三本も入っています。……ほら、こんなにいやらしい音を立てて、私の指を飲み込んでいますよ」

和貴は、コンドームに包まれた修一の指に後孔を犯されているのに、淫靡《いんび》に腰を上げ、甘い悲鳴を上げている。

和貴は修一の織りなす快感の虜《とりこ》となり、泣きじゃくりながら意味もなく首を左右に振った。

内部の快感を知ってしまった今、もう雄を扱くだけの自慰では達せない。

「あ、あ……っ……だめ……また出ちゃう……また出ちゃうよ……っ……ああ……っ」

和貴は指に肉壁を刺激され、半勃《はんだ》ちの雄から緩い液体を滴らせた。

「可愛い声を出してくれるようになりましたね、和貴さん」

「ぅん、んん……っ」

後孔と同時に、たぷんと垂《た》れ下がっている袋を優しく揉まれ、和貴はぎこちなく腰を揺らす。

「ここを、私に揉んでほしくてたまらなかったんですね。これからは、わざとらしく腰を突き

出さずに言ってください。わかりましたか？」

修一はわざと強く揉んだのに、和貴は痛みより快感が勝って掠《かす》れた声を上げた。

「和貴さん。私の可愛い主……」

「あ、あ、あ、あ……っ……」

じゅくじゅくと卑猥《ひわい》な音を立てて、修一の指が激しく動く。

和貴は肉壁の敏感な部分を乱暴に突かれ、最後の射精と共に気を失った。


和貴はゴージャスなジャグジー付きバスに入り、魂が出て行きそうなほど長いため息をつく。

甘い奉仕を受けて気を失った和貴は、そのまま疲れてぐっすり眠ってしまった。

「和貴さん、汗を洗い流しましょう」

修一の囁きとともに起こされ、彼にバスルームまで抱きかかえられたのだ。

長身の和貴が余裕で入れる、ゆったりとしたバスタブ。

「はあ……」

今日一日で、物凄いことが山ほど起きた。

そして……。

「どうしよ。あんなに気持ち良くなったの……初めてだ」

……というか、俺。触られた場所が全部感じるってどうよ。男としてどうよ。執事って、本当にあんなことまでやるのか？　こういうことって恋人同士じゃないの？　水沢さんは、俺が主ってだけで……あそこまでするの？　どんなに気持ちが良くても、義務でされるのはイヤだ。こういうことはハッキリさせないと。

和貴には、「恋愛は異性とだけ」という考えはない。

性別よりも「愛する気持ち」の方を大事にしている。

ただ、今まで和貴が告白した相手の中に男性はいなかった。

「俺……好みがうるさいもんなあ」

容姿はあまり気にしない。大事なのは、「声」と「性格」。

『和貴さん……』

『私の可愛い主。……私は自分の仕事を忘れて、あなたを苛めてしまいそうになる』

低く響く優しい声と、心地よい独占欲。そして、優しさの陰に見え隠れする加虐性《かぎゃくせい》。

修一のすべてを知っているわけではないが、このままでは恋をしてしまいそうだ。

彼は和貴のために、どんなこともしてくれると言った。

「バイトの主従関係なのに……。もし俺が、祖父さんの遺産を相続すると決めたら、水沢さんも相続するんだよな。そうしたら……」

スイッチが入ると際限のなくなる欲望を、持て余すことはなくなる。

セックスというには微妙な行為だったが、和貴は初めて、清々《すがすが》しい達成感に包まれた。

修一が傍にいれば、いくらでも甘えてねだることが出来る。

「でも俺……」

両親の葬儀にも来ず、自分を天涯孤独にし続けてきた祖父を許すほど、和貴は大人ではない。

「まだ時間はたっぷりある。すぐに決めることじゃない。俺はまず、このバイトを成し遂げるんだ」

和貴は自分にそう言い聞かせると、ゆっくりとバスタブから出た。


ダイニングルームは王様の食卓。

色とりどりの野菜サラダに、魚介類のマリネ。白身魚のポワレ。香ばしい香りのするふかふかのパンに、保温容器に入ったローストビーフ。さまざまな種類のプチケーキは、三段重ねの皿に可愛らしく載せられている。

クリーム色のテーブルクロスとえんじ色のテーブルランナーに合わせ、ナプキンリングは白地に金の模様がついていた。ナプキンはとろけそうなクリーム色。その脇に磨き抜かれた銀のカトラリーとワイングラス。

和貴は濡れ髪にバスタオルを乗せ、バスローブにスリッパという恰好で目を丸くした。

「……みんなで食べるんだよな？　俺一人じゃ……こんなに食べられない」

「河野はボディーガード、私は給仕です。お構いなく」

修一はそう言いながら和貴に近づき、バスタオルで濡れ髪を優しく拭《ふ》く。

「あ、ありがとう……」

ベッドで俺に散々いやらしいことをしたのに、動揺しないんですね。俺はこんなふうにしてもらって、気恥ずかしいやら気まずいやら……そろそろドキドキしそうなんですけど。

和貴が大人しく髪を拭いてもらっているところへ、河野が携帯電話を片手に現れた。

「水沢さん、今のところは順調だそうですよ」

「そうか。……さあ、和貴さん。好きなだけ食べてください」

「だからっ！　俺一人じゃ多すぎるってのっ！　みんな一緒に食べてくれないなら、俺は席につきませんっ！」

和貴はバスタオルを振り回して、大声で主張する。

修一は何も言わずに和貴を見つめた。

「……だったら、主の俺が、執事の水沢さんに命令する。三人一緒に、同じテーブルで同じ物を食べること。執事は主のいうことを聞くんだろ？」

「その通りです」

「じゃあ、みんな一緒だ。決まり。河野さん、好きな場所に座って。ほら、水沢さんも」

主とはいえ、一番年下の和貴に仕切られて、修一と河野は顔を見合わせて苦笑する。

「それがあなたの望みなら、喜んで従いましょう」

修一は軽く頷き、河野と共に席についた。


テーブルの上の料理は三人で食べてようやくなくなった。

残すなんて勿体《もったい》ないことができない和貴は、密かに安堵《あんど》する。

「和貴さんが下戸《げこ》だなんて知らなかったな。このワインは旨いですよ? 俺は、高価なだけでカビ臭いワインより、三、四年経ったぐらいのものが好きだな。飲みやすい」

河野はそう呟いてワインを飲んだ。

「カビ臭いではなく、芳醇《ほうじゅん》というんだ。それにそのワインは、お前に飲ませるために持ってきたんじゃない。仕事はどうした。一人でがぶがぶ飲むな」

修一は文句を言って、彼の手からボトルを奪う。

「和貴さん、ものは試しです。まずは一口。あなたが遺産を相続した暁には、世界中のセレブリティと交流が始まるのですよ? 少しでもアルコールに慣れていた方がよろしいかと」

「は、はは……。でも……」

俺だって、旨い酒ならがぶ飲みしたいですよ。だって大好きだもん、アルコールっ！　でも、一人っきりの時に飲まないと、大変なことになるのです。

和貴は曖昧《あいまい》な笑みを浮かべて、首を左右に振った。

酒癖が悪いと、旨い酒が出たときに損をする。

飲んだら最後、和貴は周りにいる人々に手当たり次第抱きついて離れない。

真面目に暮らしてきた和貴は、二十歳になって初めて、大学のサークルコンパでアルコールを「飲み物」として口にした。

そのとき、友人曰《いわ》く「男女構わず、周りにいる人間に抱きついて膝の上で甘えながら、ビールをラッパ飲みしていた」そうだ。

アルコールを飲むと記憶が飛ぶようで、それを聞いた和貴は顔面蒼白《そうはく》になった。

もしかして、初めて飲んだからそうなったのかも知れないと思い、誘われるまま何度か飲みに行ったが、どこでも同じだった。

それ以来友人たちは和貴に「アルコール禁止令」を出し、和貴は和貴でそれを忠実に守っている。

「水沢さん、いきなりアルコールではなく、ソーダやジュースと割ってあげた方がいいかもしれないですよ？」

いやいや、河野さん。それだと、甘いとか言って、いくらでも飲んじゃいますからっ！

和貴は、気を利かせた河野に心の中で突っ込む。

「無理には勧めません。誰にでも出来ないことはありますから。……私は完璧ですが」

修一は和貴に勧めようとしたグラスを引っ込めた。

完璧。

それを聞いた和貴は、修一が語った熱い言葉を思い出す。

『完璧な執事に必要なのは、常に手を差し伸べなくてはならない、危うい主です』

次の瞬間、和貴は修一が持っていたワイングラスに手を伸ばした。

「一口、飲んでみようじゃないか」

うん。一口だけなら酔ったりしない。確かに俺は完璧じゃありませんがね、酒ぐらいいくらでも飲めますよっ！

和貴は瞬《また》く間にグラスを空にして「ホント、旨い」と笑みを浮かべる。

久しぶりに体に染み込む旨い酒。

和貴の頭から「一口だけ」という言葉が消える。

彼は空のグラスを修一に向けて「お代わりください」と言った。

「和貴さん、グラスをテーブルに置いてください。それが作法です」

和貴は頷いて言われた通りにする。

そして、たっぷりと注がれたワインを一気に飲んだ。次も、その次も。

和貴は何度もお代わりする。

河野は「おやおや」と苦笑して、修一に視線を向ける。

「いろいろ提案してくれてありがとう。俺、酒癖が悪いから飲むのはよそうと思ってたんだ。酒癖が悪いなんて恥ずかしいから……その……」

和貴は恥ずかしそうに呟くと、ゆっくり立ち上がった。彼の視線は、向かいの席に座っている河野に向けられている。

「ん？　和貴さん、どうかしましたか？」

「俺……一人っ子だから……河野さんみたいなお兄さんがほしかった」

和貴はうっとりとした顔でテーブルの上に乗り、そのまま河野の首にしがみつく。

バスローブが大きくはだけても気にしない。

「えへへ。俺のお兄ちゃん～」

河野は複雑な表情を浮かべ、そのまま自分の膝に乗った和貴を抱き締めた。

「もっとワイン飲む」

和貴は河野のグラスを摑んで一気に中身を飲み干す。

「お兄ちゃん、一緒に寝ようね」

「うんうん……って、水沢さん。黙って見てないで助けてください」

河野は、ワインボトルを持ったまま微動だにしない修一に助けを求めた。

「そうか……、なるほど。和貴さんはアルコールが入ると、こんなにもしどけなく相手を誘うようになるのか。飲ませて正解だった。……これからは、二度とアルコールは飲ませない。危険すぎる」

修一はキラリと眼鏡を光らせ、乱暴にボトルをテーブルに置く。

「いや、今はそれどころではない」

修一は、河野に抱きついて甘い声で何やら囁いている和貴の元へ向かった。

「お兄ちゃん、一緒に寝たら気持ちいいことしてくれる？　俺……気持ちいいこと大好き」

「和貴さん。ねだる相手が違います。あなたの望みを叶えるのは、執事の私です」

修一は和貴の腰を掴んで、勢いよく引き剝《は》がす。

「あー……誰ぇ？」

和貴は、やる気のない猫のようにだらりと手足を伸ばしたまま、首を回して修一を見た。

「ええと……」

「水沢さんは年齢が微妙だから、和貴ちゃんがどう呼んでいいか悩んでる」

ドスッ！

修一の鋭い蹴《け》りが、河野の向こう臑《ずね》にヒット。

河野は悲鳴を上げることも出来ず、苦悶《くもん》の表情を浮かべたまま床に転がった。

「もっと飲む」

「和貴さん、今夜はおしまいです」

「飲みたいったら飲みたい。水沢さん……もっとちょうだい」

ベッドルームに連れて行かれた和貴は、修一にアルコールをねだる。

「だめです。あなたは今後一切、飲み物としてのアルコールを口に含んではいけません。大変なことになります」

「どうして？　凄く気持ちいい。みんな俺が抱きついても、やな顔しないんだ。仕方ないなって、抱き締めてくれる。それが凄く嬉しい」

和貴は崩れるようにベッドにダイブした。

バスローブがはだけて太股まで露《あら》わになるが、和貴は気にしない。

「あなたが望めば、私が抱き締めてあげます」

「ん……。寂しいなーって思うとき……いつも？」

「ええ」

修一はベッド脇に腰を下ろし、はだけたバスローブを直す。

「本当？　じゃあ、一緒に寝よう。な？　俺が真ん中で、水沢さんと河野さんが両側。川の字になって寝るんだ。親子みたいに。急に寂しくなったら手を伸ばせばいい。な？　な？」

和貴はいきなり起きあがり、両手で修一の腕をガッシリと掴んだ。

「ヒツジさん、一緒に寝てください」

「私はヒツジではなく……」

「お願い、水沢さん」

和貴はアルコールで潤《うる》んだ瞳を修一に向ける。

修一は眼鏡の縁を指で押し上げ、「仕方ありませんね」と呟いた。

いくらキングサイズとは言え、見事な体格をもった三人の男が寝るには少々狭い。

だが和貴は、修一にぴったりと寄り添ったまま小さな寝息を立てている。

「……先輩。起きてるんでしょ？」

和貴の左側に寝ていた河野が、修一を「先輩」と呼んで小さな声で話しかけた。

「なんだ」

「緊迫した状態で依頼されたはずのボディーガードが、こんなことしてていいんですか？」

「主の頼みなんだから聞いてやれ」

「それはそうですけど。二十歳の寂しがり屋って、その手の人たちにはグッときますよね。というか、あれだけ快感に弱いと悪い連中に利用されそうで心配」

「……ほほう、盗み聞きをするとはいい度胸だな、河野」

暗闇《くらやみ》の中、修一の低く鋭い声が響く。

「盗み聞きしなくても、あんな大きな声で喘《あえ》いでいたら聞こえます。そして俺は、先輩は言葉責めの好きなSだということも再確認しました」

河野は、どこか笑いを含んだ声で呟いた。

「うるさい。さっさと寝ろ」

修一は河野の会話に乗ることなく、冷ややかな声で切り捨てる。

自分にしがみついて眠っている和貴の頭をそっと撫でながら、修一は小さなため息をついた。


和貴は素足にTシャツとジャージ姿で、食い入るようにテレビを見ていた。

番組名は「ファーマーズ・ライフ」。

高性能の巨大テレビに映し出された世界の農村風景。

牧場や畑を持ち、動物たちと暮らす人々の、ほのぼのドキュメンタリー。

「俺もあんな生活をするんだ。家は小さくていいから、畑は広く……」

うっとりと呟く和貴の前に、ティーカップが現れた。

そこでようやく、和貴の視線がテレビから離れた。

「ありがとう」

和貴は紅茶のいい香りを吸い込んでから、カップを受け取る。

修一と河野は、昨日の和貴の醜態《しゅうたい》について一言も触れない。

プロフェッショナルとは、きっとこうなのだろう。

だが和貴は、彼らのそういう気遣いに、密かにダメージを受けていた。

……ああ、とても美味しい紅茶ですね。そういや、朝飯も旨かったです。食べながらの会話も、園芸や野菜に関することばかりで、俺がどれだけバカなことをやったかなんて、一言も出てきません。せめて笑い飛ばしてくれたら、こっちも「ホント、すいませーん」って軽く謝れたのに。……俺、恥ずかしい。

心の中で悶々《もんもん》と呟いていた和貴は、小さなため息をついてマントルピースの上の置き時計に視線を移した。

そしてようやく、大事なことを思い出す。

「俺のプランター……そろそろ届いてもいい頃じゃないか?」

和貴お手製のプランターは、今日の午前中に到着すると言われていた。

もうすぐ正午になるのに、ゴージャスなスイートルームに訪問者はない。

「一日水をやらないでいると、すぐに枯れてしまうのですか？」

「大丈夫だとは思うけど、心配だから」

「では、手配業者に連絡を取りましょう」

修一がそう言ったと同時に、スイートルーム専用エントランスに来客を告げるベルが鳴った。

控えていた河野が無言で立ち上がり、リビングルーム脇のモニターで相手の姿を確認してマイクをオンにする。

「どなたですか？」

モニターには、二人のポーターが台車にプランターを載せた姿が映っていた。

「ご依頼の、プランターを届けにまいりました」

彼らは身分証と自分の顔をカメラに向ける。

どちらもこのホテルの従業員で、顔写真と違うところは一つもない。

「許可します」

河野は軽く頷き、修一のところへ戻った。

「プランターを持ってきたのは二人です。中肉中背。身長は一七五から一七八。どのホテルにでもいる、ごく一般的なポーターでした」

「ふむ。……では和貴さん、プランターが無事にこの部屋に届くまで、あなたはマスターベッドルームで待機していてください」

修一の言葉に和貴はきょとんとした顔を見せる。

「え？　なんで？　相手は、このホテルの従業員なんだろ？　だったら平気なんじゃないか？」

だが修一と河野は揃って首を左右に振った。

「なにそれ。河野さんだって、『許可します』とか言ってたじゃないか」

「許可はしますよ。和貴さんの大事なプランターを持ってきたんですから」

「つまり……、立派なホテルの従業員でも、信用していないと？」

和貴はカップに残っていた紅茶を一気に飲むと、険しい表情を浮かべる。

彼らは即座に頷いた。

「……ホテルの豪華な料理をルームサービスしてもらって、俺たちは山ほど食べたじゃないですか。あれは……」

「この私が、あなたの執事である私が、そんな無防備なことをすると思いますか？　あなたの口に入るものは、すべて確認済みです」

何をどう確認したんですかっ！

そういうことは恐ろしくて聞けない和貴は、心の中でざくっと突っ込むしかない。

入り口のチャイムが鳴る。

「河野、まずはお前が相手をしろ。……そして和貴さん。主なら主らしく執事の言いつけに従いなさい」

修一の、銀縁眼鏡の奥の瞳がキラリと光った。

和貴はここで駄々を捏ねても仕方がないと思い、素直に頷いてベッドルームに走る。

そして数分後。


和貴はリビングルームで大事なプランターと再会を果たした。

「俺のプチトマトっ！　ナスっ！　キュウリっ！　枝豆っ！　シシトウっ！　よく無事でっ！」

しかし喜びもつかの間、河野の足下に転がっている二人の男を見て愕然《がくぜん》とする。

「なんてお約束の展開なんだっ！」

和貴の大声に、修一と河野は顔を見合わせて意地の悪い笑みを浮かべた。

「本格的な訓練は受けてませんね。あまりにもチョロイ。準備運動にもならなかった」

「一言で言うなら、無様」

河野は前髪を掻き上げながら呆《あき》れ声で言い、修一は鼻で笑ってバカにする。

「そこまで言わなくても……」

和貴は、後ろ手に縛られて転がっている二人の男が気の毒になった。

「何を言いますか、和貴さん。私たちがいなかったら、あなたがどんな目に遭っていたか。想像するだけで恐ろしい」

修一は、和貴の頰を指先で愛しそうになぞりながら呟く。

その指先の動きに、和貴の胸がキュンと鳴った。

「あ、その……そっか……これは危険なバイトだもんな……。暢気《のんき》に住んでるから……すっかり忘れてた。ごめん」

和貴は頰を赤く染め、修一から視線を逸《そ》らしてそっぽを向く。

「そんな可愛らしい顔で謝らないでください。延々と奉仕をしたくなります」

「な、なんの奉仕。どんな奉仕」

慌てた和貴は、逸らした視線を元に戻した。

修一は執事という上品な職業にふさわしくない、意地の悪い笑みを浮かべて和貴を見つめる。

その眼鏡越しの鋭い視線に、和貴は首まで真っ赤になった。

「な、何もしなくていいから。いろいろ間に合ってます」

昨日、俺にしたことをまたするとか？　あんなの何度もされたら……俺、一日中頭の中がピンク色だって。やらしいことしか考えられなくなるって……。というか、恋人じゃない相手と続けられることじゃない。

和貴は頭の中でどうしようもないことを考えて頭を垂れる。

「水沢さん。こいつらをどうしましょうか。別動部隊を呼んで尋問させます？　それとも俺が尋問します？　面倒だから俺がしますよ。ああ……久々だな、こういう汚い仕事は」

河野はポキポキと指を鳴らし、晴れやかな微笑みを浮かべて、床に転がっている二人の男を見下ろした。

「いや、吉原《よしわら》たちを呼ぶ。君に任せたら殺しかねない。よくて廃人だ」

今……なんて言いました？　ヒツジさん。いや執事さんっ！

それまでもじもじと乙女的思考であれこれ考えていた和貴は、修一の言葉に目を剝《む》く。

だが、転がっている男たちは「ふざけるなっ！」「誰がお前なんかにっ！」と威勢がいい。

「ふうん。……そういうことを言いますか。この俺に」

河野は機嫌良くしゃがみ込み、男たちの耳元でボソボソと何かを囁いた。

その途端。

彼らの表情は蒼白になった。

「脅しだろっ！」と怒鳴《どな》っても、声が震えている。

「遊んでないで、さっさと吉原に連絡を取れ」

河野は残念そうな顔で、「分かりました」と答えた。

「河野さん以外にもボディーガードがいるんだ」

河野に倒された二人の男が、スーツ姿の数名の男たちに連れ去られるのを見ていた和貴は、神妙な表情で修一に尋ねる。

「ええ。ですが、あなたと行動を共にするには多すぎますし目立ちますので、傍につくボディーガードは河野一人です」

「物凄く気になるんだけど、一体誰がその費用を出してるんだ？　高城さん？　それとも、あとで俺に請求書がくる？」

和貴の顔には「バイト代から天引きですか？」と書いてあった。

「ご安心ください。幸造様が既に支払われています」

祖父の名を出されても、和貴はあまり嬉しくない。

自分の知っている幸造は、シモネタ好きで、お茶が好きで、気持ちの優しい老人だ。

大富豪の祖父ではない。

「……俺が遺産を相続するかどうかも分からないのに、勝手にいろいろ決めてたんだ」

「備えあれば憂いなし。転ばぬ先の杖《つえ》、です」

「そりゃそうだろうけど……」

「どちらにせよ、私はあなたの無事さえ守られれば、それでいいのです」

だから、好きになっちゃうような台詞をさらりと言うな。執事ってみんなこうなのか？

和貴は唇を尖らせて修一を睨んでいたが、大事なことを思い出す。

「俺のプランターっ！　風通しがよくて、日光が当たる場所に置かなくちゃ。水もやらなくちゃ。

ああ、空調が効きすぎる部屋だと枯れる。どの部屋に置こう。窓が開けられる部屋がいい」

「和貴さん。ここは四十階。ホテルの最上階なのでどこの窓も開きません」

高層ビルの最上階で窓を開けたらどうなるか。

河野はしかめっ面で呟いた。

「じゃあ……俺のプランターは？　窓越しの日光じゃ役に立たない。枯れる」

手塩に掛けたプランターとせっかく再会できたのに、これでは元も子もない。

和貴はしょんぼりと項垂《うなだ》れる。

「いや……二階のサンルームなら大丈夫でしょう。ルーフが開きます」

何それ。スイートルームの二階って何？

和貴は眉間に皺を寄せて口をポカンと開けた。

河野は「あ、そうか」と手を叩く。

「和貴さん、マスターベッドルームの横に螺旋《らせん》階段があるでしょう？　その上がサンルームなのです。そこでしたら、プランターの野菜も無事収穫できると思います」

修一の提案を聞いた和貴は、あまりの嬉しさに自分から彼に抱きついた。

「ありがとう、水沢さんっ！　やっぱ凄い執事だっ！　俺が悩んでても、すぐに答えを出してくれるっ！」

「喜んでいただけて幸いです。では、昼食を済ませてから、プランターをサンルームへ移動させましょう」

修一はそう言って、和貴を愛しそうに見つめた。


さすがは真夏。

ホテル最上階のサンルームは、ルーフが閉まっていても高温サウナのように蒸し暑い。

「ルーフは半分開けるだけで充分ですね。水は、ここに備え付けてあるシャワールームから取ればいいでしょう。床がタイルですから、水浸しにしても大丈夫です」

「うん。これでやっと……土に触れる」

和貴は、床にずらりと並べられたプランターの前にしゃがみ込み、掌《てのひら》で土に触る。

「ふあ～……、癒《いや》される。最高だな、俺の作った土は」

化学肥料を使わずに、鶏糞《けいふん》や油かす、腐葉土《ふようど》などを黒土と混ぜて作った土は、和貴のだいじな宝だった。最初は配合が分からずに苗をダメにしてしまったが、試行錯誤を繰り返した結果、現在はベストの配合になっている。

「収穫が楽しみですね」

ジャケットを脱いでワイシャツにスラックス姿になった河野は、額の汗を拭《ぬぐ》いながら笑った。

「枝豆なんてビールの友ですよ。みんなで食べましょうね」

和貴も額に汗を浮かべて笑い返す。

だが修一は、くいと眼鏡の縁を指先で上げて一言付け足した。

「和貴さんは麦茶かジュースです。あなたの執事として、アルコールを嗜《たしな》むことは許しません」

「え……？　あ、ああっ！　うん、そうだよなっ！　わかってるっ！　俺、麦茶でいいっ！　いや、麦茶がいいっ！」

分かってます。ええ、分かってますとも……。

和貴はしょっぱい表情を浮かべ、申し訳なさそうに頷いた。

と、そのとき、河野の携帯電話が着信音を響かせた。

「あ、吉原からだ。早いな。……和貴さん、少々失礼します」

河野は一礼してから電話を受け、すぐさま螺旋階段を下りていく。

おそらく、先ほどの二人の男が親戚の誰に雇われたのか分かったのだろう。

「……会ったことなんか一度もないけど、バカな親類だよな。俺を攫おうとして、逆に尻尾を摑まれてやがる」

「まったくです」

「俺……一人は寂しいけど、あんな親戚ばっかりなら……ひとりぼっちでいいや」

ダメだって言われても、今物凄く酒が飲みたい。好きなだけ飲んで、誰彼構わず抱きついていれば、その間だけは寂しくない。

和貴は下唇を嚙《か》み締めて、すくすく育っている枝豆の葉を撫でた。

「私が傍にいます。大事な主を放《ほう》ってはおけません」

「はは。水沢さんは執事だからな」

「ええ。……ですから、寂しいと感じるあなたを真心を込めてお慰めしましょう」

修一は和貴の後ろにしゃがみ込み、彼の体をそっと抱き締める。

「え？　またソレですか？　しかもこんなところで……っ！」

「主なら主らしく、堂々と奉仕されてほしいものです」

「俺は庶民なので……そういうのはよく分かんないってば……っ、あ、あ…っ、やだ……っ」

修一の汗ばんだ両手がTシャツの中に入ってくる。

「そこは……だめ、だって……」

指の腹で乳首をゆるゆると撫で回され、周りの皮膚ごと摘み上げて弾《はじ》かれると、和貴の体から力が抜けた。

切ない痺れが下肢《かし》に流れて、どうしようもないいやらしい体になっていく。

「これはバイトだし……俺は偽のご主人様なんだから……、あ……っ、んぅ……そんなこと、もう……だめ……」

このままだと、あんたのこと好きになっちゃうって。気持ちいいコトしてくれるあんたのこと、好きになっちゃうって。あんたは執事として、主の俺に奉仕したいんだろ？　恋愛感情はないんだろ？

和貴は快感ともどかしさから低く喘ぎ、両手で股間を押さえた。

「あなたがどう思っていようと、あなたは私の可愛い主です。ほらごらんなさい、あなたの体は私の奉仕を喜んでくれています」

修一はTシャツをたくし上げる。

彼の指で弄られた両方の乳首は、赤く色づき一回りも大きくなっていた。

「こんなに可愛らしい色になって」

「ああ……っ……だめ、だめ……っ……そこばっかり弄られると……おかしくなる……っ」

摘まれ、強く引っ張られ、弾かれ、撫でられる。

和貴は修一の指が乳首を愛撫するたび、背を仰け反らせて喘いだ。

暑さで汗が流れ、滑りがよくなると、修一の指の動きも一層激しくなる。

体の中から羽毛でくすぐられるようなもどかしい快感に、和貴は泣き出してしまった。

「俺……このままだと……、水沢さん……このままだと……っ」

「どうなってしまうと言うんですか？　和貴さん」

「も……イッちゃう……」

「あなたに奉仕するのが私の仕事なのですから、好きなだけ達してください。あなたは、気持ちいいことが大好きなのでしょう？　我慢しなくていいのです」

親指と中指で摘まれ、強く引っ張られたまま、人差し指の腹で強く撫で回される。

その衝撃に耐えきれず、和貴は小さな悲鳴を上げて射精した。

「ここじゃ暑くありませんか？　空調の効いた場所でやればいいと思うんですけど」

そこに、電話を終えた河野が戻ってくる。

「暑い中での奉仕も、悪いものではない。……和貴さん、あなたがどれだけ気持ちのいい思いをしたか、河野にも見てもらいましょうね」

修一に体を預けていた和貴は、恥ずかしそうに目を伏せるだけで抵抗しない。

射精のせいで、和貴はより快感を得ることだけを考える。

「可愛いですね、和貴さん。水沢さんにいっぱい奉仕してもらえました？　おっぱいが赤くなって、ふっくらしてます。胸のない女の子みたいになってますよ」

河野は和貴の前に腰を下ろし、どれだけ乳首を嬲られたかを口にした。

「やだ……」

「和貴さん、ジャージを脱がしてもらいましょう」

修一は和貴の耳を甘噛みしながら、優しい声で囁く。

「だめ……恥ずかしい……恥ずかしいんだ……」

口先だけの抵抗を聞いて、河野は苦笑しながら和貴の下肢からジャージと下着を剝いでいく。

下着に染みこんでいかなかった精液が、淡い体毛と内股をねっとりと濡らしていた。

そこを視姦《しかん》される。

和貴は、この状態が異常だと分からず、より強い快感を待って唇を噛み締めた。

「私がもっと奉仕しやすいように……これをなくしてしまいましょう」

するりと、修一の指が和貴の淡い体毛に伸びる。

彼はそれを数本摘み、軽く引っ張りあげながら小さく笑った。


広いバスルームに場所を移したが、全裸なのは和貴だけで、修一と河野はワイシャツにスラックス姿のまま。

和貴は修一に背中を預けたまま大きく足を広げられ、河野の指で股間にまんべんなくクリームを塗られていた。

クリームのぬるりとした感触が心地よくて、和貴は小さな声を上げて腰を捻る。

「先輩のスーツケースには、ろくでもないものばかり入ってますね」

河野は和貴の気を逸らせないよう、小声で呟いた。

「ふっ。すべては、主へ果てしない愛を注ぐためだ」

「俺まで仲間に引き込んでおいて、理由がそれですか」

「お前なら安心だ。信用しているし、それに……」

修一は河野に顔を近づけ、挑発するように微笑む。

「分かってます。でも、俺もご褒美がもらえます？」

「ああ」

修一は軽く頷いてから、快感に浸ってウットリしている和貴の頬にキスをした。

「ん……っ」

「このまま、三十分ほど我慢してください。医療用のものですが、刺激や痒《かゆ》みはありますか？」

刺激も痒みもないが、この状態で三十分我慢するのは辛い。

和貴は思わず右手を雄に伸ばした。

「だめですよ。……そのかわり、あなたの気が紛《まぎ》れるよう別の場所を奉仕します」

「どこ……？　俺……早く気持ち良くなりたい……、んっ……」

和貴は修一に耳を甘噛みされて、肩を竦《すく》める。

「俺もお手伝いします。和貴さん」

足首からふくらはぎへと指を這わされ、和貴の腰が揺れた。

「そんな……二人がかりで触られたら……っ……あっ……だめ……っ」

和貴は雄を勃起させ、泣きながら腰を突き出す。

触れるか触れないかのじれったい愛撫は、拷問《ごうもん》と変わらない。

「や、やだぁ……っ、気持ち良くなりたい……だけなのに……っ……二人して……俺に……意地悪する……っ」

ぴくぴくと震える雄からは透明な蜜があふれ出し、クリームを塗った場所に広がっていく。

和貴は無意識のうちに、それを二人に見せつけた。

「大事な主に、誰が意地悪をしますか。奉仕者として、和貴さんの感じる場所を探しているだけです。感じる場所に指が触れたら、声を上げてくださいね」

ふくらはぎを滑る指が気持ちいい。項《うなじ》を這う舌が気持ちいい。

膝頭を指先でくすぐられると、腰が勝手に動く。

耳に息を吹きかけられたら雄がぴくぴくと動いて、たまっていた蜜が飛び散る。

どこもかしこも気持ちがよくて、和貴は「全部、全部」とうわごとのように呟く。

「では、もう一度ここを奉仕してあげましょう。河野も手伝うように」

「ひゃあ……っ……あ、ん……っ……、だめ、だめ、だめ……っ……」

河野が左の乳首に吸い付き、修一の指が右の乳首を摘んで擦る。

散々甘い苛めを受けた場所を二人の男にそれぞれ弄《もてあそ》ばれて、和貴の体を目の眩《くら》むような快感が貫いた。

「や……っ……あ、あ、あ……っ……」

焦《じ》らすだけ焦らして決定的な刺激を与えてくれない。

「許して……っ……お願い、お願いだから……っ」

和貴は腰をいやらしく振って蜜を撒《ま》き散らしながら、延々と続く甘い責め苦に苛まれた。


「よすぎて気を失っちゃいましたね」

河野は苦笑を浮かべて、和貴の前髪をかき上げてやった。

「ああ。だが、可愛がってやればやるほど、どんどん感度が上がっていく。これでは俺の理性が持たない」

修一は和貴を抱き締めたまま、真面目な顔で呟く。

「理性なんてあったんですか？　本能の赴《おもむ》くまま責めていたじゃないですか」

河野は眉間に皺を寄せ、唇を尖らせながら突っ込みを入れた。

「何を言うか、河野。俺が本能だけでことに及んだら、和貴は壊れる」

「それ、自慢になってないです。……ところで、これはどうしましょう」

河野は、不自然に盛り上がった自分の股間を指さした。

「自己解決」

修一の一言に、河野は「やっぱりそうですか」と情けない顔になる。

「俺もそうなんだから、そういう顔をするな」

「……え？」

河野は、和貴の下肢をタオルで丁寧に拭っている修一を見て目を丸くした。

彼は絶対に、修一と和貴は行くところまで行っていると思っていたのだ。

「和貴ちゃんとしてないって？　先輩が？　いろんな意味で仕事の早い先輩が？　本当ですか？

……って、驚いたら萎《な》えた」

勿体なさそうにため息をつく河野に、修一は小さく笑う。

「複雑な男心とでも思え」

「鬼畜《きちく》の男心なんて、俺には到底分かりません」

「お前、この、減らず口が」

修一は河野の頭を軽く叩いた。

「すいません。……ところで、吉原からの報告なんですが、ここでします？　それとも、リビングへ移動します？」

修一は和貴を一瞥《いちべつ》して、「リビングだ」と呟く。

「了解。では、冷たい飲み物を用意しておきます」

「お前に出来るのか？」

河野は立ち上がると、肩を竦めて微笑んだ。

「俺も、クライアントの要求を完璧にこなしてきたボディーガードですよ？　それくらい」

和貴は怒っていた。気を抜くと手当たり次第に備品を破壊しそうなほど怒っていた。

ふわふわのバスローブを身につけて仁王《におう》立ちすると、ソファに腰を下ろしている修一と河野を睨みつけた。

「和貴さん、甘いものを食べて落ち着きなさい」

修一は、ルームサービスで取り寄せたケーキを暢気に勧める。

「俺の作ったシャーリー・テンプルもどうぞ。誰に出しても評判がいいんです」

河野は愛想よく、グレナデンシロップとジンジャーエールで作ったノンアルコールカクテルを勧める。

「今の俺が、食べ物に釣られると思うのか？　このエロオヤジどもっ！　マニアックにも程があるっ！　俺の毛を返せっ！」

バスルームで目を覚ました和貴は、自分の下肢が思春期前の少年のようにつるつるになっていたことにショックを受けた。

しかも、修一に嬉しそうに「これこれこういうわけで」と語られて、目頭が熱くなった。

修一は謝るどころか「奉仕に剃髪《ていはつ》は必要です」と胸を張って言い切ったので、今度は怒りで目の前が真っ赤になった。

そして現在に至る。

「何が、『危険なバイトだから、私たちがお守りします』だよっ！　今現在、あんたたちが一番危険だってのっ！　二人がかりで俺の体を弄んで、オモチャにして喜ぶなんて、いい年をした大人として恥ずかしくないのかっ！　特に水沢さんっ！　あんたは俺より一回り以上も年上なのに、率先して行動するなっ！」

和貴の言葉に間違いはない。

その点に関して、二人の成人男性は年若い主に深く頷いた。

その態度が気に入らない。

和貴は彼らをとことん痛めつける言葉を探したが、気が焦って口をぱくぱくと開くだけだ。

「お、俺が……ただの貧乏学生で……格闘技も何も習ってない素人だからって……あんな恥ずかしいことをされるいわれは……」

　言いたいことが思い浮かばないのがもどかしい。

　和貴は急に声のトーンを落として俯いた。

「確かに俺は……エロいことが大好きだよ。一度触られると……すぐ気持ち良くなって、体に力が入らなくなる。気持ちいいことをしてほしくてたまらない。でもそれ、凄く恥ずかしいことだって分かってるんだから……これ以上……恥ずかしいこと……させるな……っ」

　声が掠れて息が詰まる。

　手で拭うのが遅れて、床にポタポタと何滴か涙が落ちた。

　いくら二人が年上とはいえ、人前で泣くのは悔しいし恥ずかしい。

　和貴は顔を上げることが出来ずに、俯いたまま鼻をすする。

「和貴さん」

　修一はゆっくり立ち上がると、和貴を軽々と抱き上げた。

「ばか……触るな……っ！」

「触れずに、どうやって主をお慰めしますか」

　修一は和貴を抱いたまま、再びソファに腰を下ろす。

「執事は、主のすべてを知る必要があるのです。あなたの気持ちを察して行動するには、あなたのすべてを知らなければならない。そのための行為に、あなたが恥ずかしがることは何一つないのです」

「で、でも俺……水沢さんと本当の主従関係になるかどうかも分からないんだぞ？　河野さんをボディーガードに雇うかどうかも分からない。なのに水沢さんの話は全部、俺が遺産を相続するという前提になってる……っ！」

和貴は修一の膝の上で太股を晒して暴れる。

「ええ」

修一は和貴のバスローブを整えてやりながら、簡単に頷いた。

「俺はバイトのつもりなのに、水沢さんは本気で俺の執事になろうとしてる」

「私は幸造様の遺産の一部ですから、あなたに相続してほしいのです」

修一の言葉に、和貴は眉間に皺を寄せた。

遺産の一部という言葉を、何度も言われると気に障《さわ》る。

「あのさ……」

「はい」

「水沢さんと……その、俺の祖父さんって……どんな関係なわけ？　人間を遺産になんかできるの？」

……俺、何言ってんだ？　意識が飛んでるときにつるつるにされたことを怒ってんじゃなかったのか？　別に、遺産を相続するわけじゃないんだから、祖父さんと水沢さんがどんな関係かなんて知らなくていいのに……。

　和貴は唇を尖らせて、ぷいとそっぽを向いた。

「知りたいですか?」

　修一の優しい声に、和貴は思わず首を左右に振る。

「ダ、ダメージを受けたくないから、やっぱ知らなくていい。俺の知ってる『幸造じいさん』は、普通のじいさんだった。中肉中背で、髪はフサフサだったけど、綺麗とか美形とかいうんじゃないしっ！　うん。俺には関係ない話だ。これで終わりにしよう」

　和貴の慌て声に、それまで黙って聞いていた河野が盛大に吹き出す。

　彼はそのまま、ソファの肘掛《ひじか》けに顔を埋《うず》めて笑い出した。

「あーっ！　河野さん、俺と同じことを考えたなっ！　信じらんないっ！　気持ち悪いじゃないかっ！」

「だって……だって……和貴さん……っ……そんな恐ろしいこと……っ！」

　河野は涙目で顔を上げたが、修一を見た途端、再び肘掛けに突っ伏して笑う。

「くだらないことを想像して笑う前に、報告することがあるんじゃないか?」

　修一は、ちゃっかり和貴のバスローブの中に右手を突っ込み、彼の内股を撫で回しながら呆れ声を出した。

　和貴は和貴で「ひゃあ」と素《す》っ頓狂《とんきょう》な声を上げる。

真っ赤な顔でぷるぷると体を震わせる和貴に、修一は楽しそうに「変なことを想像したお仕置きです」と囁いた。

「ま、ま、また……っ」

「あのバカな二人組は、高城さんのところで尋問されたようです」

「ほほう、気の毒な二人組め。吊《つ》り下げ薔薇《ばら》ムチか？」

ちょっと待ってくれ。今、聞き慣れない単語が出た。変なムチの名前っ！

和貴は落ちるように修一の膝から逃げると、河野が作ったシャーリー・テンプルを飲んで体を冷やす。

「それはさておき。……あの二人組のクライアントは幸造様の弟の一人でした。七人も弟妹がいると、いちいち名前を覚えていられませんね」

「つまり、見たこともない俺の大叔父か。……この炭酸ジュース旨い。なんて名前だっけ？」

和貴はグラスを空にして、満足そうに手の甲で口を拭った。

「シャーリー・テンプルです。今晩、風呂上がりに作ってあげますね。……で、あの二人組は和貴さんを誘拐して、相続した遺産をクライアントに贈与しろと脅迫する予定だったと」

「ふむ」

軽く頷く修一の横で、和貴はケーキに手を伸ばしながら「ふざけるな」と言葉を吐《は》き捨てる。

「あの程度の連中しか雇えないのか、それともこっちが甘く見られていたのか……。次の襲撃で分かるでしょう。倉持側には、和貴さんがここに宿泊していることが発覚しましたから」

河野は世間話でもするように言って、修一を一瞥した。

「凄腕の殺し屋や誘拐犯っていうのは、映画かドラマの中だけにしてほしい……」

修一は「大丈夫です」と呟き、和貴の口についた生クリームを指で拭って口に入れる。

それがあまりに自然な仕草だったので、和貴は文句を忘れた。

「海外でしたら普通に存在しますが、ここは日本ですから大丈夫だと思います。仮に、倉持側が優秀なプロを雇っても、プランBへ移行すればいいだけのことです。ですよね？　水沢さん」

「そういうことだ。和貴さんが心配するようなことは一つも起きませんので、ご安心ください」

河野は自信たっぷりに、修一はキラリと眼鏡を輝かせて言い切る。

「安心か。……うん、二人のことは信用します。ただし、エロ関係以外」

「和貴さん。私があなたにしているのは愛ある奉仕。それだけです」

「人の大事な部分を綺麗さっぱり脱毛したくせに。変態執事」

「触り心地のいい、滑らかな肌になりました。満足です」

冷静に呟く修一の声が憎らしい。

和貴はカッと顔を赤くして、ケーキを持ったまま、大事なプランターが置いてあるサンルームへと走った。

「一言、触るなと命令すればそれで済むというのに。どうしてそれが分からないんだろう」

修一はそう呟き、楽しそうに目を細めて「だが、そこが和貴の可愛いところだ」と付け足す。

「鬼畜が年を取ると、手に負えないです」

「人を年寄り扱いしやがって」

「そんなことありません。先輩は実年齢より若く見えますので安心してください」

修一は「当然だ」と呟いてから、眼鏡を外して目頭を押さえた。

「先輩。その仕草は、年寄り臭いです」

「和貴の可愛らしい表情は、ころころと変わるから追いかけるのが大変なんだ」

「先輩……」

河野はいきなり、真剣な表情で修一を見つめる。

「なんだ?」

「和貴ちゃんに本当のことを話した方がいいと思います。そうすれば、彼も遺産を相続する気になると思うんです。俺が幸造様の護衛に付いていた期間は短かったですが、あの方は……」

修一は自分の左手で河野の口を塞いだ。

「逆だ、河野。和貴が遺産を相続する気にならなければ、本当のことは言えない。それは、じいさんの願いでもある」

修一は幸造を「じいさん」と呼び、苦笑する。

「お前も余計なことは言うな。分かったか?」

口を塞がれた河野は、返事をする代わりに首を上下に振った。

和貴は室内の温度を二十度まで下げる。

いくら夏とはいえ、自然環境に優しくない温度まで下げるのは気が咎《とが》めるが、体をぴったりと覆って脱がしにくい服装をしている彼には、この低温度が必要だった。

「……田舎生活に憧《あこが》れている俺が、文明の利器に頼るなんて間違ってる。でも、今だけ仕方ないんだ」

長袖のTシャツの上に半袖Tシャツを重ね、その上にフルジップのパーカを着る。首元には綿のスカーフをマフラーのようにぐるぐる巻き。ジーンズにはちゃんとベルトを通し、靴下も穿《は》いた。

よし。この恰好なら、水沢さんに触られてもドキドキしないし、脱ぎにくいからエロい展開になることはない。気持ちいいことが大好きなエロ体質を嘆くのはもうやめる。これからは自衛だ。問題は一人エッチだけだけど、ここに泊まっている間にわざわざしなくてもいい。

和貴は頭の中でしっかりと計画を練り、「バイト期間」を乗り越えようと気合いを入れた。

それが功を奏したのか、三日ほど平穏な日が続いた。

そして四日目の朝。

「……まだ生えない。なんて強力な脱毛剤だったんだ」

バスルームで下半身をチェックした和貴は、そこがあいかわらずスベスベなのに落胆《らくたん》する。

魂を小出しにするようなため息をついてからバスルームを出ると、ドアの外に修一が待っていた。

相変わらずの、一糸乱れぬスーツ姿。

「お早いですね、和貴さん」

「プランターの調子が気になるからな。枝豆は今日で収穫なんだ」

「なるほど。しかし、アルコールを出すことは出来ませんので、別のものを飲んで枝豆を味わってください」

「……分かってる。ところで、今日の朝飯は何？　腹減った」

和貴は修一に首筋を撫でられないよう、素早くタオルを巻いた。

「中華粥《がゆ》です」

「俺、一度だけ中華街で食べたことがある。凄く旨かったんだよなー。初めてだからって、いろんなトッピングを山ほど入れちゃって、父さんと母さんに笑われたっけ」

和貴は、そのときの光景を瞬時に思い出すことが出来る。

あの頃は、まさか自分がひとりぼっちになるとは思っていなかった。

和貴は無性に寂しくなって、自分から修一に手を伸ばし、彼の右腕を両手で摑む。

修一は何も言わずに、和貴の頭を優しく撫でた。

「……こういう触り方だったら、大歓迎なんだけどな」

「これでは奉仕になりません」

「あ、そーですか」

何かというと奉仕奉仕って、もっとこう……別の感情ってのがないのかよ。ほんの少しでも好意とか好意とか好意とか……俺はそういうのがほしいんだ。ドキドキしたり焦ったり、情けない気持ちになったりするのは、全部俺一人じゃないか。バカヒツジ。ジンギスカン鍋になってしまえ。

和貴は修一の腕を摑んだまま、心の中で彼に不満をぶちまける。

声に出せないのは、言ったら最後、百倍ぐらいになって戻ってきそうだったからだ。

理屈なのか屁理屈なのか分からない言葉を並べられ、気がついたら裸でベッドに寝転がっていたなんてことは、二度と繰り返したくない。

「何のために頑張って勉強して、奨学生になったんだ。これじゃあ俺は、ただのバカだ。ありえない」

「でしたら、一度ぐらいは勉学に励《はげ》んでいる姿を見せてください。ここに来てからというもの、あなたはゲームと野菜の世話ばかりしています」

和貴の独り言に修一がわざわざ返事をした。

「着の身着のままで拉致られた俺に言う台詞か？　それ。執事だったら『こういうこともあろうかと』と言って、俺の勉強道具を目の前に差し出せよ。マスターベッドルームのクローゼットに俺のサイズの洋服を山ほど用意するより、そっちのが大事なことじゃないのか？」

「申し訳ございませんでした。本日の午後にはここに到着するよう、早速手配させていただきます」

修一は素直に頭を下げ、和貴に摑まれていた手をそっと解いて携帯電話を探る。

「あ」

和貴は慌てて修一の腕を摑み直した。

「そんな……簡単に離すなよ。執事なら、俺を放り出すようなことすんな」

「和貴さん」

「幼稚だと思って笑うなよ？　たまに……急に……こうしたくなるだけなんだから」

「笑ったりしません。……誰が大事な主を笑ったりしますか」

その優しい声に、和貴は照れ臭そうな笑みを浮かべる。

顔も赤いだろうが、修一に見られるのは恥ずかしいので、和貴は俯いたまま歩き出した。

「……ああ、分かってる。それはもう先輩が知ってるから。ああ……ああ……、じゃあ、一番ヤバイのはまだ動いてないんだな？　……了解。そっちもよろしく頼む」

ダイニングルームの隅で、河野が携帯電話で誰かと連絡を取っていた。

普段の優しげな表情とは違い、どこか険しい。

和貴は「自分絡みで、ほかにも事件があったんだろうか」と不安になった。

「可愛い和貴を不安にさせるな」という修一の鋭い視線にザクザクと射抜かれた河野は、すぐさま「だから、俺は誰とも付き合う気はないって。ごめんね」と付け足して電話を切る。

「すいません。私用電話です」

「……そ、そうか。モテるんだな河野さんは」

和貴は仕事の電話ではなかったんだと思い、安堵のため息をついて河野を見た。

「水沢さんに比べれば大したことはありません」

「河野。くだらないことを言っている暇があったら……」

ドアの方から小さな破裂音が響いて、修一の声を遮る。

続いてドアを蹴破る音。

思わず声が出そうになった和貴の口を、修一がそっと塞ぐ。

「何があっても……声を出さないこと。いいですね？」

和貴は小さく頷き、修一に促されるままその場にしゃがみ込んだ。

河野はダイニングルームのドアに耳を押し当て、不法侵入者の気配を探る。

複数の足音に、「さっさと探せ」という大きな声。どうやら、相手はよほど腕に自信があるらしい。

螺旋階段を行き来する金属音が聞こえた。

「こんなものを見つけた」「なんだそりゃ」と、バカにしたように笑う声も聞こえた。

もしかして……俺のプランター……っ？

和貴は、大事なプランターに何かされるんじゃないかと不安と心配で、修一の腕にぎゅっと強くしがみつく。

「……あの足音だと四人ですね。水沢さん、手伝ってくれませんか？」

「ボディーガードはお前の仕事だろ」

「もうガードという範疇《はんちゅう》を越えてます。今から攻撃に入ります」

「仕方がない」

彼らは小声で会話を交わし、暢気にダイニングルームから出て行く。

俺はここで待機だよな。でも、二人がどんなふうに侵入者をやっつけるか見てみたい。プランターの無事を確認したい。……ところで執事って、普通は強いもんなのか？

和貴はわき上がった好奇心に逆らえず、プランターの無事を確かめずにはいられず、こっそりとダイニングルームのドアを開けようとしたが……。

「見つけたっ！　ここにいたとはなっ！」

ボディーガードと執事ィィィィっ！　何やってんだっ！

いきなり開いたドアから一人の男が腕を伸ばし、和貴の胸ぐらを掴んで引《ひ》き摺《ず》った。

しかし次の瞬間、和貴の目の前に黒い影が現れたと思ったら、その男は呻き声を上げてその場に膝を折った。

「誰が……私の大事な主に触ってもいいと言った？」

修一の拳《こぶし》が、男の腹にめり込んでいたのだ。

黒い影が修一だと気づくのに時間がかかったが、とにかく和貴は守られた。

「大丈夫ですか？　和貴さん」

「う、うん。……あっ！　水沢さん、後ろっ！」

和貴の声に振り返っていては遅すぎる。

修一は、そのまま後ろに思いきり足を蹴り上げた。

「よし」

もろに蹴りを顔面で受けた男は、そのまま悶絶《もんぜつ》して仰向けに倒れる。

リビングの向こうでは、河野が鼻歌を歌いながら、倒した男を後ろ手に縛っていた。

瞬きをしていたら見逃してしまうほどの素早さと正確さで敵を倒しておきながら、修一や河野の息はまったく上がっていない。

何もかもを短時間で冷静に終わらせた彼らを見て、和貴はアクション映画のエキストラになったような気がした。

「水沢さん。俺が尋問しても構いませんか？」

「いや、尋問は私がやる。大事な主に怪我《けが》を負わせようとした連中だ。絶対に許さない」

修一は、少しずれた銀縁眼鏡を指で定位置に戻しながら、唇を歪《ゆが》めて笑う。

だがそこに、なんと和貴が割り込んだ。

彼は、信じがたい光景を目に入れていた。

「ちょっと……言いたいことがあるんだけど」

「いけません」

「いや、絶対に話をする。あれを見てくれ」

誰かがワゴンにぶつかり、載っていた料理を床にぶちまけたようだ。

旨そうな中華粥やトッピング、お茶のセットが台無しになっている。

勿体ないどころの騒ぎではない。

しかも、和貴の大事なプランターが二つ床に転がり、せっかく育ったプチトマトと枝豆が踏みにじられていた。

わざわざホテルのスイートルームに持ってきてもらった、和貴の無農薬プランター。

「なんで俺の野菜をあんな目に遭わせるんだっ！　愛情と知恵を込めて一生懸命育てた、我が子と言っても過言ではない野菜だぞっ！　今日収穫するはずの枝豆とプチトマトが、無惨な姿で天国行きだっ！　俺は、食べ物を粗末にするなと両親に言われて育ってきた。それなのにこの有様だっ！」

和貴は床に広がった野菜と朝食のなれの果てを指さして怒鳴る。

「相手が、潰《つぶ》れた野菜とお粥じゃ『三秒ルール』も使えないっ！　こんな勿体ないことを平気で出来る人間を雇っているのが俺の親戚かっ！　あーもーっ！　最高に腹が立ったっ！　親戚に相続した遺産を贈与してもいいと思った自分は、なんてお人好しなんだっ！　もう誰にも渡さないっ！　俺がすべて相続して、田舎に広い土地を買って、俺の王国を作るっ！　エコでロハスな王国だっ！　一生田畑を耕して、家畜と仲良く暮らすんだっ！　俺は自分のエコライフのために、遺産を湯水のように使ってやるっ！　そして、それを阻止しようとする親戚も、完全排除だっ！　ディフェンスメインの攻撃じゃなく、攻めて攻めて攻めまくるっ！」

怒るところが少しズレているが、和貴はようやく倉持幸造の遺産を相続する気になった。

「河野さんっ！」

「はい」

「俺は、改めてあなたを雇いますっ！　これから末永くよろしくっ！」

「ありがとうございます」

河野は苦笑を隠して、和貴に深々と頭を下げる。

「そして水沢さんっ！」

「はい」

「俺は、あなたを遺産の一部として相続する」

「一生お仕えします」

修一は晴れ晴れとした微笑を浮かべた。

「……で、俺はこのスイートルームから出て、倉持邸で暮らす。俺が相続する屋敷なんだ。そこに住んで当然だっ！　誰が逃げるかっ！」

和貴は床に転がった男の前にしゃがみ込むと、眉間に皺を寄せたまま口を開く。

「あんたは、クライアントに今のことを報告すればいい。俺は、どんなに脅されたって、倉持幸造の遺産を誰にもやらないとな。……河野さん、この男を自由にしてやってください。もう必要ない」

河野は軽く頷いて、ネクタイで後ろ手に縛っていた二人の男を自由にした。

修一に腹を殴《なぐ》られた男と、蹴り飛ばされた男も険しい表情で立ち上がる。

「警察を呼ばれたくなかったら、さっさと出て行け……っ！」

和貴は低く掠れた声で呟き、何も言わずに部屋を出て行く男たちに冷ややかな視線を向けた。

……が。

男たちの気配がなくなった途端、へなへなとその場に座り込む。

「俺の……野菜……。せっかくここまで育てたのに……。可哀相《かわいそう》に……」

和貴は声を震わせ、ぐちゃぐちゃに潰れたプチトマトと枝豆を両手で拾い、ひび割れたプランターに入れた。

修一は無言で彼の横に腰を下ろし、同じように野菜と土をプランターに入れる。

「すっげー悔しい……っ。いつも、『実ってくれてありがとう』って思いながら収穫して食べてたのに……っ。大学二年じゃ、まだ基盤科目だから大した知識はないけど……必死に育ててきたのに。ああ悔しい。……あいつらをそのまま帰すんじゃなかった。殴っても仕方ないのは分かってるけど、何発か殴っておけばよかった」

「……空腹ですと、余計に怒りも湧《わ》くと言うもの。今、食べたいものはなんですか？」

修一の優しい声に、和貴は「野菜の煮物とごはん」と呟いた。

「では、食べに行きましょう」

「まだ……時間が早い。どの店だって……」

「あなたがこれから住む倉持邸で、私が作ります。圧力鍋を使えば煮物や炊飯はすぐですし」

執事って……料理も作れるのか？

和貴は目を丸くして修一を見つめる。

「水沢さんの料理は旨いですよ、和貴さん。楽しみにしていいと思います」

河野は、床に散らばった土を集めながら和貴に笑ってみせた。

「ここから出るなら、プランターも一緒だぞ？　もう離れたくない。またこんなふうにぐしゃぐしゃにされたくないんだ」

「分かってます。それは河野の会社のものにさせますのでご安心ください」

「……吉原さん、とかいう人？」

何度も耳にしていたから覚えたのだろう。

和貴の台詞に修一は軽く頷き、河野は苦笑した。


電話の向こうの高城は驚きと喜びの入り混じった声で「そうきたか」と呟いた。

「……身辺警備の手配をよろしくお願いします。……ああ、それと……里芋と大根、ニンジンにレンコン、あとは鶏肉と白米を用意しておいてもらえますか」

『構わないけれど、どうするの？　和貴君が庭を畑にして植えるのかい？』

「俺が料理を作るんです。厨房《ちゅうぼう》は以前のままですよね？」

『ああ。……しかし、君が料理とは随分久々じゃないか？』

「はは。一人暮らしの時はよく自炊してましたよ。では、約束通りにお願いします」

修一は携帯電話を切ると、傍《かたわ》らに控えていた河野を手招きする。

「和貴ちゃんは、まだプランターのところにいます」

「車は？」

「もうすぐ到着すると連絡がありました。……にしても、今度は倉持邸ですか。あの大きさは、研修を思い出します。広大な屋敷の中、二人一組になってクライアントを三日間守るってヤツ。覚えてますか？」

「当然だ。……日本でも銃を使用できれば、和貴の警護もより完璧なんだがな」

「先輩。顔が怖いです」

河野は、すっと目を細めて忌々《いまいま》しそうに呟く修一を見て、小さな声で突っ込みを入れた。

「ああ……、和貴にこんな顔は見せられない」

「先輩。これで和貴ちゃんに本当のことが言えますね。よかった」

修一は河野の顔をじっと見つめ、苦笑しながら彼の頭を優しく撫でる。

河野は拒むことなく、されるままだ。

「……俺はお前に語りすぎたな。そんなに俺を気にしなくていい」

「幸造様には、俺もよくしていただきましたから。やはり、なんというか……収まるところに収まってくれないと、俺もしっくり来ません」

「俺もだ」

二人は顔を見合わせて苦笑する。

そのとき、河野の携帯電話が小さな着信音を響かせた。

「メールですね」

河野は携帯電話を操作して、メールの内容を読む。

「吉原か。……到着したから、今からそっちへ行く。和貴ちゃんの実物も見てみたい……だそうです」

「ふっ。見るだけなら構わん。それにしても、俺の和貴はどうしてこう……男のハートを射止めるのが上手いんだ？　フェロモンでも出ているんだろうか」

「健気《けなげ》なところがカワイイからだと思います」

「それは当たっている」

修一は真面目な顔で呟いて、何度も深く頷いた。


東京都下から都心の高級ホテルへ。

そして高級ホテルから、再び都下へ。

広大な敷地の中に森がある。

盛大な蟬時雨《せみしぐれ》が降り注ぐ中、和貴《かずき》は興奮で頰《ほお》を染め、転げ落ちるように車から出た。

「すっっっげーっ！　何この広さっ！　道路の両側は牧草じゃないかっ！　ああ、ヒバリが空を飛んでるっ！　牛や羊や山羊《やぎ》が放牧されててもおかしくないぞっ！」

和貴はスニーカーと靴下を脱いで大地を踏みしめ、笑いながら寝転がる。

「ここ、耕《たがや》してもいいかなあ？　俺がブレンドした土を使って家庭菜園を作りたいっ！」

地面をバフバフ叩《たた》きながらはしゃぐ和貴に、執事と二人のボディーガードは笑うしかない。

生の和貴を見た吉原《よしわら》など、子犬を見るような目つきで和貴を見て「可愛《かわい》い」を連呼する。

そこに笑い声がもう一つ増えた。

ゆっくりと玄関扉を開けた高城《たかぎ》が、彼らの前に現れる。

「窓から見えたよ、和貴君。そんなにここが気に入ったかい？」

「気に入りましたっ！　耕してもいいですか？　弁護士さんっ！」

「すべての名義変更を終了させてからね。それまでは、我慢してくれ」

「あ、そっか……」

広い庭に興奮して、すっかり忘れてた。俺は……祖父《じい》さんの遺産を相続すると決めたんだ。

それにしても、いったいどれだけの財産があるんだろう……。

和貴は高城弁護士の姿を見て、ようやく実感が湧《わ》いてきた。

「報告したいことが山ほどあるんだが、まずは食事だ。……水沢《みずさわ》君、材料はすべて用意しておいたよ」

　高城は、視線を和貴から修一《しゅういち》へと移す。

「ありがとうございます。では和貴さん、申し訳ありませんが二十分ほど我慢していただけますか？」

「うん、待てる。その間、俺はプランターを日当たりのいい場所に移動させててもいい？」

「はい。河野《こうの》と吉原を傍《そば》に置いてくだされば結構です」

「よし決まりっ！　二人のボディーガードさん、俺と一緒にプランターを持って移動だっ！」

　和貴は脱いだ靴下をパーカのポケットに入れ、素足にスニーカーを履いて車に戻る。

「これから何が起きるか分からないというのに暢気《のんき》だね」

　高城は煙草を銜《くわ》えながら肩を竦《すく》めた。

「あれぐらい元気な方が、こっちも仕事がしやすいです。……ああそうだ、ホテルのドアの破損の件なんですが『直しておくように』で終わりました」

　修一は、慎重に車からプランターを出している和貴を見つめながら呟《つぶや》く。

「さすがは会長」

「よしてください。生前に、幸造《こうぞう》様にどうしてもと言われて就《つ》いた地位で、実際は何の効力も持ちません。面倒な肩書きです」

「しかし、あって困るものじゃない。幸造様は、宿泊施設の経営権利はすべて君に譲りたかったんだよ？」

「俺は幸造様の孫でもなんでもない。和貴がすべて相続すればいい。俺は彼を陰で支えます」

高城は煙草に火を付け、気持ちよさそうに深く吸い込む。

そして紫煙《しえん》を吐《は》き出しながら言葉を続けた。

「そんなに和貴君が好きなの？　私には、そういうものはよく分からないから、聞いてしまうんだが。……無神経なことを聞いていたら謝るよ」

「いいえ。こういう仕事をしていると、ずっと傍にいたいと思う人間が限られてくるんです」

「どっちの仕事だい？」

「執事ではない方です。……女性に癒《いや》しと安心を求めることがなくなる。むしろ、足手まといと感じてしまうようになるんです。あとは、まあ……もともと性別に拘《こだわ》らないタチなんでしょうね」

「ふうん。……分かるような分からないような……」

「そう言う人間がいると、それだけ分かっていてくれれば」

修一は高城に曖昧《あいまい》な笑みを浮かべると、早足で邸内に入った。

朝食と昼食が一緒になってしまったが、味は最高だった。

根野菜と鶏肉の煮物は、じわりと中まで出汁《だし》が染み込んでいる。甘すぎず辛すぎない味のおかげで、和貴は何杯も飯をお代わりした。

大根の葉をごま油で炒《いた》め、ラー油と醤油《しょうゆ》で味付けしたしっとりふりかけは、飯の友と言うより酒の友にふさわしい味だった。

だし巻き卵はふわふわで、箸《はし》休めのキャベツとキュウリの浅漬けはシャキシャキとした歯ごたえがたまらない。

ご相伴にあずかった高城と二人のボディーガードは、感嘆の唸《うな》り声を上げて無言で平らげた。

「執事って……なんでも出来るんだなあ……。凄《すご》い職業だ。……俺、こんな旨《うま》い飯を毎日食べさせてもらえるの？　水沢《みずさわ》さん」

食後の日本茶を飲みながら、和貴が嬉《うれ》しそうに頬を染める。

「はい、あなたが望むかぎり」

「望みます。将来は、俺が作った野菜も料理してください」

「喜んで」

修一は嬉しそうに目を細め、愛《いと》しい視線で和貴を見つめた。

「うっわー……、先輩……じゃなく、水沢さんのそういう優しい顔、俺は初めて見たかもしれません。なんか、逆に怖い」

吉原の正直な呟きに、河野が「ぶっ」と茶を吹いた。

高城は面白《おもしろ》そうにニヤニヤしている。

「吉原。こんなに優しい私のどこが怖いと言うんだい？　ん？」

修一は微笑《ほほえ》んでいるが、目がまったく笑っていない。おまけに銀縁眼鏡《めがね》は威圧《いあつ》するようにキラリと光った。

うわあ……その笑顔は俺も怖い。

和貴は心の中でこっそり突っ込むが、吉原は蛇《へび》に睨《にら》まれたカエルのように体を強《こわ》ばらせた。

「これからしばらく、寝食を共にする間柄になるんだ。お互い、気持ち良く仕事ができるよう、親睦《しんぼく》を深めるのもいいかもしれないな」

「ああ……その、いや、俺はボディーガードとして、粉骨砕身、和貴さんをお守りします」

「本当に骨が砕けないようにな」

守られている俺の骨まで、今砕けそうです。

和貴はこれ以上食卓に冷ややかな風を吹かせたくなくて、別の話を持ちかける。

「あの、俺を脅そうとか誘拐《ゆうかい》しそうな危ない連中って、あとどれくらいいそうですかね？　ヒツジさん」

「和貴さん、私は執事です。……そして危ない親戚連中については、高城さんにお願いします」

「煙草が吸いたいから、リビングルームに移動してもいいだろうか？」

高城はジャケットの胸ポケットから煙草とライターを取り出して見せた。

清々《すがすが》しいほど金に汚い。もう少し言い方を変えると、金に対する執着心が強い。

今の今まで清貧で暮らしてきた和貴は、自分と親戚連中は本当に血縁関係があるのだろうかと首を捻《ひね》った。

「みんな……それなりに金持ちだってのに……。まだ金がほしいっていうのか？　俺には理解できない」

みんなとは幸造の弟妹で、和貴の大叔父と大叔母のことだ。

「彼らの息子夫婦や娘夫婦も絡《から》んでいます。そして、投資家だった幸造様の遺産は莫大《ばくだい》です。その気になれば、国を買えますよ。ああでも手続きが複雑そうなので、勘弁してくださいね」

国って……。どこの国だよ。どんな規模の国だよ……っ！

高城の冗談とも言えない台詞《せりふ》に、和貴は冷や汗を垂《た》らす。

ボディーガードはセレブ慣れしているのか、河野と吉原は「ふうん」と軽く頷《うなず》くだけ。

修一に至っては、眼鏡を外してレンズの汚れを拭《ふ》いている。

「そろそろ日本の新聞にも和貴君のことが載りますよ」

「高城さん。日本の……というと、世界の新聞にはもう載ってるってこと？」

「海外は、新聞よりもインターネットニュースの方が早かった。『投資家として有名な倉持幸造《くらもちこうぞう》氏死去。莫大な遺産は、孫へ引き継がれるのか』というタイトルだった。そして、名義変更がすべて終わった暁には、君は世界の億万長者番付に名前が載ることになる。チャンスをものにしたい連中が、世界中から君にコンタクトを取ろうとするだろうね」

「お、俺はそんな大それたことは出来ませんっ！　大学も、農学部ですっ！」

和貴は両手で頭を抱え、ソファの上で蹲《うずくま》った。

「財産の管理は私の事務所と水沢君でやるから心配はいらないよ」

「よろしくお願いします。費用は……全部そこから出してください。一生管理をしてもらうとして足りますか？」

「豪遊の一生を十回ぐらい繰り返しても……銀行の残高は減らないだろうねえ」

「つまり……充分足りるということですか」

和貴は恐る恐る顔を上げ、煙草を飲んでいる高城の表情を窺《うかが》った。

「そうだね」

「執事とボディーガードの給料は？　ちゃんと払えます？」

「まったく問題ないよ」

「よかった……。じゃあ俺は、金に汚い親戚連中の家を一軒一軒回って……」

「それは賛成できません」

ようやく晴れ晴れとした顔を見せた和貴に、修一がダメ出しをする。

「なぜ。俺が、どんなに脅されても遺産は絶対に贈与しないと言えば、向こうだって」

「まったく、人がいいにも程がある」

修一は眉間に皺《しわ》を寄せて和貴に近づくと、彼の頬を両手でそっと包んだ。

「あなたが不慮の事故で死亡した場合、遺産は誰の手に渡りますか。遺言状にもそのことは書かれていたと思いますが」

「え？　……あ、あーっ！　俺が事故死したときは、遺産は親戚へ行くっ！　俺の大事な野菜を、間接的に死亡させた奴らのところっ！」

「その通り」

修一は軽く頷くと、和貴の頬から手を離す。

「どうしよう。俺……やっぱひっそりと守られてるほうがいいのかな？　悔しいけど」

「もう少し『囮《おとり》』をしてくれないかな、和貴君。一番危ない連中が、まだ腰を上げないんだ。君が啖呵《たんか》を切ったことは相手方に無事伝わった。バイトとしてではなく、倉持幸造の孫として、私たちに協力してほしい」

高城は真剣な表情で呟くと、紫煙を吐いて煙草を灰皿に押しつけた。

和貴は上目遣いで高城を見つめていたが、小さく何度も頷く。

「一つだけ聞きたい。あなたたちは、俺を拉致《らち》脅迫しようとする連中を見つけて捕まえて、何をどうしたいんだ？」

「幸造様の死に不審な点があるからです」

修一は銀縁眼鏡をくいと指で持ち上げ、鋭い声で言った。

「私がこの屋敷を留守にしている間に、倉持家の誰かが幸造様を訪れ、遺言状の書き換えを迫りました。『またくだらない連中がやってきた。誰が遺言状を書き換えるものか』と言っていたのです。幸造様が亡くなったのは、それから数日後。屋敷の、二階のバルコニーから転落死したのです。幸造様の身長は百七十センチ。よろめいたり、足を踏み外しても、バルコニーの柵《さく》は一メートル四十センチなので落ちる心配はない。なのに幸造様は転落した」

「でも水沢さんは……最初は脳溢血《のういっけつ》だと……」

「いきなり『不審死です』とは言えないでしょう？」

そりゃもっともだ。そして、祖父さんの死に不審な点があるというのも頷ける。

和貴は修一の言葉を信じた。

「警察は？　警察も動いてる？」

「当然です。ただ、幸造様が世界的な有名人なので捜査も極秘です」

「なるほど。で？　祖父さんの死に関係してそうな、重要人物は誰？　そこまでは分かってない？」

「分かっています。ですから私たちは、向こうが尻尾を出すのを待っているのです」

随分と厄介《やっかい》なことになった。

和貴は、自分が遺産を相続すればすべてはどうにか片が付くと思っていた。

ボディーガードが居れば危険な目に遭うことはないし、それ以外の面倒なことは修一がすべて処理してくれると考えていたのだ。

なのにここに来て……。

「二時間サスペンスドラマ……、ごめん。俺……今頭が混乱してるみたいだ。土いじりしてきていい？　きっと気持ちが落ち着く」

和貴は頬を引きつらせ、辛うじて愛想笑いを浮かべる。

修一は了解したが、「河野を連れて行ってください」と付け足した。


日当たりはいいが、太陽の角度でちゃんと日陰も出来るベストの場所に、難を逃れたプランターが置かれていた。

和貴は改めて大きな屋敷を見上げる。

立派な二階建ての洋館だが、文化財のような歴史はあまり感じられない。

外装工事でもしたのか、屋根や外壁、窓は丁寧に拭き掃除をしたあとのように美しかった。

一階正面には立派な玄関扉と支柱で屋根を支える車寄せがある。

二階の部屋の両翼にはバルコニーが作られ、テーブルや椅子《いす》が設置されているのが分かった。

「一体何部屋あるんだろう……」

「一階には応接室、書斎、遊戯室、リビングルーム、食堂、厨房《ちゅうぼう》と使用人部屋、パウダールームとバスルームが二つ、納戸。二階には、寝室が大小合わせて八つ。パウダールームとバスルームは三つ。衣装室が一つ。物置部屋が一つ。以上です」

後ろにいた河野が、すらすらと間取りを口にする。

「とにかく、部屋数がたくさんあって凄い屋敷ってことか。……母さんはここに暮らしてたんだよな？　河野さん、どの部屋か知ってる？」

和貴は牧草の上に腰を下ろし、大事なプランターを撫《な》で回した。

「ええと……確か、向かって右角の部屋だったと。あの、バルコニーのある部屋」

「俺、母さんの部屋で寝泊まりしてもいいかな？」

「そういうことは水沢さんに聞いてください。でも多分、大丈夫だと思いますよ」

「うん。俺もそう思う。……今まで無縁だった世界に頭までどっぷり浸《つ》かって、しかも新事実を告げられて、俺ってばどうしましょう。農業以外で頭を使うとは思わなかった」

ヒバリが忙《せわ》しなく鳴いて、蟬時雨と混ざり合う。

時折気持ちのいい風が吹いて、和貴と河野の頬をするりと撫でた。

「何ごとも慣れです。どうしようもなくなったときは、水沢さんを頼ればいい。あの人はあなただけの執事なんですから」

よっこらしょと、年寄り臭い声を出して、河野は和貴の隣に腰を下ろす。

「執事というか、既に保護者のような感じがする。俺、執事の役目ってよく知らないから」

「ホテルに泊まっていたときと、あまり変わりません。使用人がいれば、また話は変わります。執事は使用人もまとめなくてはなりませんから。……来客を出迎え、もてなしの指示を出し、主《あるじ》の世話もする。意外と重労働ですけど、水沢さんは楽しそうにやってました」

「それは、俺の祖父さんの世話をしてたってこと？」

和貴は少々複雑な心境で、河野に尋ねた。

「ええ」

「俺と同じように祖父さんの世話をしたってことは……」

「和貴さん、変な想像は勘弁してくださいね。水沢さんは、シモの世話は一つもしてませんから。そういう関係じゃないんです、本当に」

ああもう。河野さん……自分で先に言ってるよ……。

和貴は思いきり顔をしかめて、心の中で切なく突っ込んだ。

「よかった。ここに水沢さんがいたら、俺は殴《なぐ》り飛ばされていた」

「河野さんって、水沢さんと付き合いが長いんだ。仲がいい感じ」

「ええ。二人で一緒に和貴さんに奉仕できる程には」

河野の指先が和貴の頬に触れる。

「そ、そういう奉仕はナシ……ですっ！」

和貴は顔を背《そむ》けて河野から離れようとしたが、反動がつきすぎて芝の上に転がってしまう。

「そういう過剰な反応は、相手を喜ばせるだけです。もっと毅然《きぜん》としていなくては」

河野は小さく笑いながら、和貴の体を抱き締めた。

さすがはボディーガードというか、強く抱き締められているわけではないのに、和貴は彼の腕の中から逃げ出すことが出来ない。

広大な敷地の中、至る所にある木々と茂みで、彼らが何をしているのかは屋敷から見えない。

それをいいことに……はたまた何か考えがあるのか、河野は和貴の体にそっと指を這《は》わす。

「ダメだって……っ！　俺はもう、そういうことはしないと……言ったはず……っ」

「でも気持ちいいでしょう？　それとも、俺ではなく水沢さんに触ってもらいたい？　だったら、俺はもうあなたに触りません」

Tシャツの中に両手を入れ、両方の乳首を弄《いじ》りながらそんなことを言うなんてずるい。

和貴は唇を噛《か》み締めて低く呻《うめ》くが、敏感な体はすぐさま反応する。

「や、やだ……。そこばっかり……やだ……っ」

「水沢さんに触ってほしいなら、ちゃんと言わなくちゃいけません。そうでないと伝わらないです」

河野の吐息《といき》が耳に掛かり、乳首を嬲《なぶ》る指の動きがより大胆になった。

「ボディーガードの奉仕は……俺を守ることだろ……っ」

「ええ。ですが、クライアントの体のケアをすることもあるんです」

「だめ……、そこだめ……っ……」

自分を抱き締める河野の体から、コロンか何かのいい香りがする。

余程近づかないと分からない、柑橘《かんきつけい》系の爽《さわ》やかな香り。

「あれ……？」

この匂《にお》い、違う。俺が知っているのは、……甘くて、でも絡みついてくるようなしつこさがなくて、ふわりと気持ち良くしてくれる、そんな匂い。

背中から伝わる体温と、ふわりと漂う香りが、知っているものと違う。

和貴はそれに突然気づき、「違う」と首を左右に振ってベソをかいた。

「どうしたんですか？　あなたを泣かせたくてしているんじゃない」

「だって……違う……匂いも……熱も……」

それを聞いた河野は、素直に和貴から離れる。

「水沢さんと違うから、いやなんですか？」

「分からない……、でもごめん……違うんだ。俺の知ってる匂いじゃない……」

和貴は涙目で頬を真っ赤に染め、股間《こかん》に両手を押し当てたまま、何度も深呼吸を繰り返す。

河野は気分を害した様子もなく……いやむしろ、どこか嬉しそうな表情を浮かべた。

「そのままじゃ治まらないでしょう？　水沢さんのところに連れて行ってあげます」

「え？　……そんなことはしなくていい。母さんが住んでた部屋に連れて行ってくれれば、それでいいから……っ！　高城さんと吉原さんのいる前で、この状態をどう説明するんだよっ！　そんな恥ずかしいことさせるな……っ！」

和貴は大声を出すと、差し出された河野の手を乱暴に払った。

「じゃあ、ここに呼びましょう」

それもいやです……っ！　俺が河野さんに触られて感じまくってたなんて、あの人にバレたくないっ！　理由は分かんないけど、絶対にバレたくないっ！

必死に大声を出して拒んだと思ったがそれは心の中のことで、実際の和貴は、頭に血が上りすぎて口をパクパク動かすだけだった。

「待っててくださいね。携帯ですぐ呼びますから」

そういう気遣いはいりませんっ！

なのに。それなのに。

河野は嬉々《きき》として修一に電話を掛けた。

登場するのは修一だけでよかったはずだが、気がつくと高城と吉原も来ていた。

「和貴さんがどうしたんだ？　河野」

「熱射病のようです。日向《ひなた》から離れずに、延々と土を触っていました」

河野は真顔でホラを吹く。

「俺が、日陰に行きましょうと言っても聞いてくれなくて。いざ具合が悪くなったら、水沢さんを呼んでくれと言われました」

彼は続けて、いけしゃあしゃあとホラを吹く。

和貴はその場に蹲ったまま、頬を引きつらせて苦々しい笑みを浮かべていた。

ジャージを穿《は》いているので、蹲っていないと何もかもを見られてしまう。

……ったく。誰のせいだ、誰の。こういうふうにならないよう、注意していたはずなのに。でもなんで……俺は水沢さんの匂いに反応するんだ？　もしかして好きなのか？　今まで何度か、ドキドキしたり戸惑ったりしたけど、それは全部恋の成せるわざ？　なんだよそれ。

考えれば考えるほど、気分は急降下していく。

額や背中に流れる汗が、やけに冷たく感じた。

「和貴さん、部屋に入って休みましょう。冷たい飲み物を用意します」

修一は有無を言わさず和貴を「姫抱き」すると、スタスタと屋敷に向かう。

「恥ずかしいんですけど」「普通におんぶしてください」と文句を言う和貴の声が聞こえて来て、高城たちは顔を見合わせて苦笑した。

「随分と仲がいいですね。年の離れた兄弟みたいだ」

吉原が微笑みながら呟く横で、河野は「離れすぎだ」と突っ込みを入れる。

「これからも、ずっと仲良くやって行ければいいね。ほら、よく聞くじゃないか。男同士の恋愛ってのは刹那《せつな》的って。一人の人と長く付き合ったりしないんでしょう？」

それはどこからの情報ですかー。

河野と吉原は心の中で仲良く高城に突っ込みを入れる。

「ただでさえ私は同性愛が分からないから、それが心配なんだよね。あの二人のことは、幸造様からしっかりと頼まれていて、和貴君の後見人は私だ。泥沼の愛憎劇は見たくないんだよ」

「俺は大丈夫だと思います。高城さんは考えすぎで、しかも情報が偏《かたよ》ってます」

ため息交じりに呟く河野の後ろで、吉原が「一つ質問」と手を挙げた。

「なんだよ吉原」

「いや……あの二人って、出来上がってるのかなと」

「ううん」

河野は首を左右に振る。

「あー……食われちゃうんだ。和貴ちゃんは水沢先輩に食われちゃうんだ」

「吉原君。そういう表現は、私は好きじゃないな」

高城は真顔で呟き、吉原は「すいません」と肩を竦めた。

「取《と》り敢《あ》えず今は、真相究明が先だ。屋敷のセキュリティーは万全ではなく穴がある方がいい、と。河野、頑張《がんば》れ。俺は高城さんを弁護士事務所まで送って、その後は待機している」

ぽん、と。

同僚の手が肩に置かれる。

河野は「任《まか》せておけ」と笑みを浮かべて屋敷に向かった。


初めて母の部屋に入った。

和貴は修一にしがみついたまま、嬉しさと好奇心で目を丸くして室内を見渡す。

壁紙の模様はオールドローズ。床はグレーベージュのフローリング。天井には小振りなシャンデリア。

白い木枠のフランス窓には、少女らしいレースのカーテン。

クリーム色の猫足のドレッサーに、お揃《そろ》いの椅子。

ドレッサーと楕円《だえん》の姿見もお揃いのデザインになっている。

特別に発注された一式だろう。

ふわふわの白パンのようなソファには、小鳥が刺繍《ししゅう》されたクッションが無造作に置いてある。

ガラスとアイアンで作られたサイドテーブルの上には、何も活《い》けられていない銀の一輪挿しが置いてあった。

ベッドは天蓋《てんがい》付きで、淡い桃色のレースとオーガンジーのカーテンが支柱にリボンで括《くく》られている。

和貴は、真っ白なシルクカバーが掛けられたベッドに、そっと寝かされた。

「今すぐ冷たいものを持ってきます。何かリクエストはありますか？」

「ええと……麦茶で」

「分かりました」

河野のホラに乗った和貴は、少しばかり良心が痛んだが、これぱかりは仕方がないと自分に言い聞かせる。

……ほら、この状態をあんたに見せたら、俺はまた半日は素っ裸で超エロスな状態に。そういうのは、ここに来た目的とまったく違う。

和貴はベッドから体を起こし、小さなため息をつく。

体はもどかしいし、下肢《かし》は半勃《はんだ》ちしていた。

「ヤバイ。この状態はヤバイ。……河野さんが変なことをするから」

両手が土で汚れていては、何もできない。

和貴はカバーを汚さないようにベッドから下りると、微妙に前屈《まえかが》みになってパウダールームを捜しに部屋を出た。

「あ、もしかしてここか？」

タイル張りの廊下を挟《はさ》んだ向かいに、明らかにほかの部屋と違う飾りの扉がある。

和貴は「あとで拭きますから」と独り言を呟いて、ピカピカに磨かれた真鍮《しんちゅう》のドアノブを摑《つか》んで回す。

照明を付けると、モザイクタイル張りの美しい空間が現れた。

備えつけの大きなドレッサー。はめ込みのシンクにチューリップを模した可愛い蛇口が二つ。

和貴は丁寧に手を洗い、タオルで拭いた。

反対側の壁には淡い色のモザイクを施した扉があり、そっと開けてみるとトイレとバスルームになっている。

「可愛いな、この風呂。でも、どこで体を洗うんだ？　シャワールームがない」

猫足の浴槽を見おろして、和貴は首を傾《かし》げながら独り言を呟いた。

「バスタブの中で洗うんです」

「そんな、ありえない。……え？」

独り言に返事をもらった和貴は、眉間《みけん》に皺を寄せてゆっくりと振り返る。

そこには、麦茶の入ったグラスを載せたトレイを持った修一が、しかめっ面《つら》で立っていた。

「具合が悪いのに歩き回るとは何ごとですか。用があるならすべて私に申しつけるように」

「あ……その……具合は別に……」

和貴は微妙な前屈みのまま、愛想笑いを浮かべる。

非常に間抜けだが、彼には今、背筋を伸ばして立っていられないわけがあった。

「和貴さん」

修一はトレイを一旦ドレッサーの上に置くと、片手で眼鏡のフレームを正しながら呟く。

「は、はい」

「河野と二人で庭に出たとき、何かありましたか？」

「何もっ！」

だが、焦《あせ》った和貴は顔を真っ赤にしてしまったので、一目瞭然《いちもくりょうぜん》。

それを見た修一の瞳《ひとみ》がすっと細められる。

「和貴さん、何をされたのか教えていただけませんか？」

「ちょっと触られただけです。ええ、ほんのちょっぴりですよっ！」

和貴は目を泳がせながらそう言うと、ゆっくり後ずさる。その分、修一は歩みを進めた。

「どこを触られました？」

そんな……、乳首を触られて勃っちゃったなんて……恥ずかしくて言えませんっ！

和貴は口を噤《つぐ》んで首を左右に振ったが、もう逃げる場所はなかった。

後ろはタイル張りの壁。

足が、床に置いてあるお洒落《しゃれ》な脱衣籠《かご》に触れたが、振り回す武器にもならない。

「どこを触られたのか、言っていただかないと困ります。私がしっかり奉仕し直しますから」

修一は両手を壁に付き、その間に和貴を閉じこめる。

「本当に……大したことは……」

「言いなさい」

銀縁眼鏡がキラリと光る。

和貴は、銀縁眼鏡がこんなに恐ろしいアイテムとは今まで知らなかった。

「ち、乳首触られただけですっ！　それだけっ！」

「ふうん……」

「もっといろんなところを触られそうになったけど……でも、その……、河野さんは水沢さんと匂いが違うからっ！　俺は違う匂いに慣れてないしっ！　水沢さんの匂いじゃないって分かったら、触られるのがいやになって……っ！」

和貴は沈黙が恐ろしくて、とにかく自分が思ったことを口にする。

バスルームに声が反響してうるさいが、そんなことは構っていられない。

「それで……それで……ええと……」

「充分ですよ、私の大事な主。私の匂いを覚えてくださってありがとうございます」

最初はなんの礼を言われたか分からなかった。

和貴は訝《いぶか》しげな表情で修一を見ていたが、突如耳まで赤くなる。

「う……うひぃ……」

あーあーあーっ！　俺は何を言ってんの？　これじゃまるで、あんたの匂いがないと気持ち良くなれないと言ってるようなもんじゃないかっ！　匂いって言葉はいやらしいですっ！

和貴は恥ずかしさのあまり、口から変な言葉を絞り出した。

雄弁なのは心の中だけだ。

「中途半端なままでは、体が苦しいでしょう？　私の奉仕で楽になってください」

「待って。とにかく俺たちは……男同士だということを思い出して……」

「その前に、あなたと私は、生涯の主従関係で結ばれています。……あなたは遺産の一部として、私を相続したことを忘れたのですか？　あなたに奉仕することが私の喜びです」

修一は壁から手を離し、ゆっくりと和貴の体に触れていく。

その心地よさに、和貴は切ないため息を漏《も》らした。

「ほんの少し触れただけで、あなたのここは熱した鉄のようになってます」

ジャージの上からすっぽりと雄《おす》を包まれ、ゆっくりと上下に動かされる。

和貴は短い声を上げ、ぴくぴくと体を震わせた。

ジャージ越しの緩い刺激なのに、頭の中が痺《しび》れるほど気持ちがいい。

しかし和貴は、自分の雄を触っているこの男が、もっと自分を喜ばせることが出来るのを知っている。

快感に弱い敏感な体のたがが外れそうになる。

「和貴さん。乳首が見えるように、自分でTシャツをたくし上げなさい」

執事の優しい命令に、主はのろのろと応えた。

恥ずかしさに目尻を朱に染めながら、和貴はTシャツをまくりあげて胸を晒《さら》す。

薄桃色の乳首は、周りの皮膚と共にふっくらと盛り上がっていた。

修一は片方の乳首に唇を近づけ、吐息を吹きかける。

和貴は、両膝を擦り合わせるようにもじもじと足を動かして、もどかしい思いを訴えた。

「あなたが何をどうしてほしいのか、ちゃんと分かっていますよ」

修一は笑みを浮かべて囁《ささや》くと、和貴の乳首を口に含んだ。

「あ、あ、あ……っ……そんな強いの……だめだ……っ」

わざと音を立てて乳首を吸われる。

もう片方の乳首は、周りの皮膚ごと摘《つま》まれて爪で弾《はじ》かれた。

そこを集中して弄られると、胸の奥がきゅんと痛みを感じるほど切なくなる。

切なくて苦しくて、男なのに乳首の愛撫《あいぶ》に感じてしまう自分が痛いほど恥ずかしくて、なのに、信じられないほど感じる。

「だめ……っ……そこばっかり……だめ……っ……、水沢さん……も、やめて……っ」

だが修一は、口に含む乳首を変え、同じように強く吸っては歯で甘噛みする。

唇と指で乳首だけを弄《もてあそ》ばれているのに、和貴の下肢は硬さを増し、ジャージにいやらしい染みを作った。

「水沢さん……お願いだから……」

「修一、と……呼び捨てにしてください。あなたは私の主なのだから」

修一は愛撫をやめ、とろけるような微笑みを浮かべて呟く。

「水沢さん……俺より……年上なのに……」

「執事に『さん付け』はいりません。ずっと気になっていたんです。ですから、今から」

優しい声と同じように、彼の指が和貴の乳首の上で優しく動いた。

もっと気持ち良くしてほしい。

和貴は、ごくりと喉《のど》を鳴らして「修一……」と掠《かす》れた声で執事を呼んだ。

「はい、なんでしょう和貴さん」

「もっと……俺……もっと……気持ち良く……なりたくて……」

欲望を素直に表すと恥ずかしくて涙が出てくる。

和貴は顔を背けて体を震わせた。

「私の奉仕に身を任せてください。素直に、恥ずかしい言葉を口にして」

修一は和貴の足下に蹲ると、彼のジャージを膝《ひざ》まで下ろす。

下着についた大きな染みを見つめられるのが恥ずかしくて、和貴はたくし上げたTシャツで顔を覆《おお》った。

「二十歳なのに、下着をこんなに濡《ぬ》らして。悪い子ですね、和貴さん」

修一は意地悪く呟くと、下着にくっきりと盛り上がる和貴の雄を、爪でゆっくりとなぞる。

和貴はTシャツに顔を埋めたまま快感の呻き声を上げ、修一に向かって腰を突き出した。

「濡らした下着は替えなくてはいけません」

下着が下ろされるという行為は単純だが、中に包まれた欲望が露見してしまう。

淫《みだ》らに濡れた雄と、滑らかな肌触りの無毛の股間。

それを間近で見られることに、和貴は興奮を覚えた。

「は……っ……ぁ……あんまり……見ないで……」

「素直に感じてください。私はあなたを喜ばせたい」

修一の唇が下腹に触れる。

だが次の瞬間、和貴は勢いよくしゃがみ込んだ。

「だ、だめ。そんなこと……絶対にだめ」

「どうしました？　私はまだ何もしていません」

「するだろっ！　これからっ！　その……あれだ……フで始まるエロいことっ！」

「フェラチオですね。ええ、します」

修一にあっけらかんと言われた和貴は、真っ赤な顔で瞳を潤《うる》ませる。

恥ずかしさと嬉しさがごちゃ混ぜになって、どう対応していいか分からなかった。

「根元から先端まで、丁寧に奉仕します。体毛がないので、やりやすくていいです」

「……もしかして、そのために俺の大事な毛を……」

「いいえ。青年の滑らかな股間というのは、とてもいやらしくてそそられます。そして和貴さんは大変似合う」

うっとりと微笑む修一と違い、和貴は愕然《がくぜん》とする。

「それって……単に……個人的な趣味では」

「そうですね」

「ひ、酷いっ！　執事なら、主のものを勝手に奪うなっ！　俺の許可を得てからにしろっ！

ああもうっ！　いつになったら生えてくるんだっ！」

和貴は修一のジャケットを両手で掴み、乱暴に引き寄せて大声を出した。

……が。

ちゅっと可愛いキスをされて沈没する。

「そんなキス……すんな……」

修一は何も言わずに眼鏡を外し、微笑むだけ。

和貴は再び、彼にキスをされる。

優しいキスから情熱的なキスへと変わり、経験のない和貴は息が上がった。

けれど彼は、苦しいけれどやめられない。

修一と初めてキスしたときも気持ち良かったが、今度ももっと気持ちがいい。離したくない。

和貴は自分から彼の背に腕を回してキスをねだった。

舌を絡ませ、口腔《こうこう》を舌で犯される激しいキスを繰り返しながら、和貴はゆっくりと押し倒される。

修一の唇は和貴の唇から顎《あご》、首筋と、徐々に下がっていった。

「それ以上……下に行ったら……やだ……」

「させてください」

「だめ……恥ずかしいから……それだけは……」

和貴は修一にすがって首を左右に振るが、膝を摑まれ限界まで足を広げられてしまった。

「や……っ……ああ……っ……」

生まれて初めての衝撃と快感に、和貴は抵抗をやめた。

温かさにすっぽりと包まれ、柔らかな舌の愛撫に腰が浮く。

そっと歯を立てられると食い千切られるような恐怖を感じるが、それはすぐさま自虐的な快感へと繋《つな》がった。

「ん、ん……っ……あふ……っ」

気持ち良くて体が溶ける。

和貴は修一の愛撫に身を任せ、小さな声を漏らして快感を伝える。

「気持ち……いい……っ……気持ちいいよ……っ……水沢さん……修一……気持ちいい……」

敏感な雄の先端から溢《あふ》れた蜜《みつ》と修一の唾液《だえき》が、とろとろと流れ落ちて、和貴の後孔までを濡らしていく。

「もっと感じさせてあげますよ、和貴さん」

「ん。……気持ち良く……させて……っ」

和貴はたくし上げたTシャツを両手でぎゅっと握り締めたまま、潤んだ瞳で修一を見上げた。

「可愛らしい、私の主」

修一は和貴の下肢に何度もキスを繰り返す。

無毛の股間には、鮮やかな朱色の花がたくさん咲いた。

「そういうのつけられたの……初めて……」

「綺麗《きれい》で、とてもいやらしい。これからもここは毛が生えないように綺麗にしておきましょう。

そうでないと、この可愛い花を見ることができません」

「そんな……恥ずかしいこと……」

「あなたが私の主という印です。恥ずかしいことはありません」

ねちねちと雄の先端を指の腹で弄られながら囁かれ、和貴は快感で頭が真っ白になる。

もういい。修一の好きにして構わない。

和貴は短い声をあげながら、何度も言った。

「早く……っ……我慢できない……っ……修一……俺、気持ち良くなりたいよ……っ」

「今、あなたがほしいものをあげます」

修一の指が和貴の雄をするりと滑り、蜜と唾液で濡れそぼった後孔に辿《たど》り着く。筋張った長い指は、焦《じ》らすように後孔を撫で回したかと思うと、粘り気のある音を立ててゆっくりと入っていく。

「あ……っ……」

「片方の膝を立てて、力を抜いて……そう、上手です。私の指が動いているのが分かりますか？」

「んっ……苦しい……」

「二本しか入っていないのに苦しいはずがありません。この前は三本も飲み込んで、自分から激しく腰を動かしていたでしょう？」

ぬちゃぬちゃと、二本の指が和貴の後孔を犯す。肉壁のもっとも感じる部分を、逹さない程度に刺激されて和貴は悶《もだ》えた。

「やあ……っ……そこ、だめ……っ……」

「指を挿入されて感じてしまうとは、和貴さんは女の子みたいですね」

「違う……っ……俺は……女の子じゃない……っ……あ、ああ……っ」

より激しく突き上げられて、和貴はたまらず修一の肩に顔を押しつけて喘《あえ》いだ。

「も、だめ……そこばっかり弄られたら……イっちゃう……っ」

和貴は後孔を貫かれながら腰を振り、修一の下肢に雄を擦《こす》りつける。

彼のスーツはねっとりとした蜜で汚れるが、そんなことは構わなかった。

「修一……っ……修一……っ……お願い……っ」

「本当に可愛らしい主だ。あなたの処女を奪いたくてたまらない」

「ばか……っ……違う……」

「違いませんよ、和貴さん」

もっと反論したいのに、和貴は修一に唇を塞《ふさ》がれてしまった。

甘くて優しいキスを受けながら、下肢を指で激しく犯される。

そのギャップがたまらない。

優しく甘やかされながら苛《いじ》められる感覚に、和貴はどっぷりと嵌《はま》った。

彼は自分がいつ射精したのか分からないまま修一の愛撫に身悶え、淫らな悲鳴を上げ続けた。

男同士のエロ行為に嵌ってしまうなんて……いくら気持ちのいいことが大好きでも、これはさすがにヤバイ。しかも相手は、これから一生傍にいる執事だ。ヒツジなら放牧できるが、執事は常に傍にいる。どうしよう俺……。

和貴は頭の中で悶々《もんもん》と考えながら、スコップで庭を掘り返していた。

敷地はすでに和貴のものになっていたので、何をするにも誰の許可もいらない。

だから和貴は庭師が使う作業小屋に入り、スコップやじょうろ、腐葉土《ふようど》を一輪車に積んで、プランターが置いてある場所で穴掘り作業をしていた。

麦わら帽を頭に被《かぶ》り、つなぎに長靴。首にはタオル、手には軍手という恰好《かっこう》は、フィールド実習で水田に行ったときのことを思い出す。

「よし……。これくらいでいいかな」

和貴は次に鍬《くわ》を持ち、土の塊をほぐし、石ころを取り除く。

河野は傘を日よけ代わりに差し、その様子を見守っている。

「そのつなぎは大学のですか？」

「うん。長靴と一緒に生協で買った。実習の必需品。……そのうち白衣も買わなくちゃならない。金がかかって仕方ないや」

　実感の湧かない億万長者は、「でも収穫祭は楽しみ」と苦笑した。

「和貴さんは、大学を卒業したらどうします？　就職しますか？　それとも……」

「田舎に土地を買って自給自足の基礎を作る。家畜も飼いたいから、獣医さんが近所に住んでるといいな。とにかく、大学にいる間、目一杯勉強するんだ」

　和貴は首にまいたタオルで顔を拭いて笑うが、ふと、あることに気づいた。

「河野さん。スーツ姿で暑くない？」

　外は晴天の夏日で、今日も蟬時雨。

「別に。仕事中はこの恰好ですし、何年もこの仕事をしていると慣れます」

「……その恰好、田舎だときっと浮くよな。そうなると、河野さんは……」

「和貴さんが契約を解除しない限り、俺はどこまでも一緒ですよ。それに、場所によって服装を変えるのも、仕事のうちです。海や山のリゾート地でスーツ姿は変でしょう？」

　和貴は河野と顔を見合わせて笑う。

「そっかっ！　……よかった、河野さんが一緒で」

「水沢さんが傍にいるのに、そういうことを言うんだ」

「だって……」

　和貴はカッと頬を染めて唇を尖《とが》らせると、だらだらと両手を振り回した。

まるで駄々を捏《こ》ねる子供のようだ。

「料理は旨いし、俺の世話はしっかりやってくれる。……でも怖い。二人っきりだと何を話していいのか分かんないんだ。どんな話をしても楽しそうに頷かれると、実はどの話も面白くないんじゃないかって勘ぐる。執事だから、主の話に合わせてるだけだと思っちゃうんだ。かといって、あんまり黙ってると接触される。そうなると、もう頭の中が真っ白だ。自分が自分でなくなる。だから、水沢さんと二人きりだと……怖い。それが一生続くかと思うと、息が止まる」

和貴は言っているうちに耳まで赤くなり、「何言ってんだ、俺」と両手で顔を覆う。

「……和貴さんは、水沢さんが好きなんですね」

「えっ！」

河野の暢気な声に、和貴は顔を上げて目を丸くした。

「なんで？　だってあの人、たまに眼鏡がキランと光るしっ！　俺が主なのに優しい口調で命令するしっ！　俺に恥ずかしいことばっかりさせるしっ！　そりゃ……顔はいいよ。気持ちいいほど美形だよっ！　鳥にたとえたら鶴だよっ！　花にたとえたら白い芍薬《しゃくやく》だっ！　肉なら高級和牛で、フカヒレスープで、フォアグラで、ウニでイクラで……っ！　でも……雄花が二つじゃ受粉できませんっ！」

滅茶苦茶なことを言ってしまったが、これが今の和貴の胸の内だった。

なのに河野は、意味深な笑顔で和貴を見つめる。

「な、なんですかね……」

「なるほど。決定的な一打はまだ放ってないのか……」

「俺、野球はあんまり好きじゃない」

「野球の話じゃありません。あなたと水沢さんの話です」

「あ、あの……っ！　いくら俺たちがエロいことをしたからって……まんまホモにしないでほしい。水沢さんだって……何も言ってないんだ」

和貴はだらだらと流れる汗を必死に拭《ぬぐ》いながら呟く。

「そうですよね。何も言わずにキスをされたり、体中を触られてイカされまくったりしたら、戸惑いますよね？　愛してると一言言ってくれれば、安心できますもんね」

「うん……うん？　なんだそれっ！　あの人が求めてるのは、俺との主従関係だけだっ！」

河野さんはエロすぎっ！　これだから大人はっ！」

「ははは。和貴さんがあんまり可愛いから、つい言ってしまうんです。でも結構好きでしょ？

卑猥《ひわい》語で責められるのが」

「ち、違う。そんなことは……」

河野はずいと和貴に近づき、キスが出来るほど顔を寄せて微笑む。

「あんまり近づくな……」

「そんなに警戒しなくても、これ以上は近づきません。……俺にも恐ろしいものがあるんです」

河野はそう言って、屋敷を指さした。

和貴はその指のあとを追う。

修一が、軽食と飲み物を載せたトレイを持って、こっちに近づいてくる。

「そろそろお茶の時間ですので」

彼は河野を厳しい視線で一瞥《いちべつ》してから、芝の上にトレイを置いた。

「わあ……。こんな豪華にしなくていいのに」

ハムと野菜、果物の二種類の一口大のサンドウィッチ。小さなビスケット。甘酸っぱいピクルス。そして、ガラスのティーポットに入ったハーブティー。

すべて修一が作って用意したものだ。

「これぐらいで贅沢《ぜいたく》と言われても困ります」

修一は苦笑を浮かべ、和貴を見た。

和貴は慌てて視線を逸《そ》らすと、「手を洗ってくる」と言って、屋敷の裏手にある井戸へ走る。

「河野。お前、また何かしたのか?」

「したのではなく、言っただけです。見てる方が苛々《いらいら》するので、さっさと和貴ちゃんに何もかも言ってください」

「……二人きりになろうとすると、逃げられる」

「それは日頃の行いが悪いから」

河野は、傘を畳んでその場に腰を下ろす。

「しかし、俺を過敏に意識している和貴を見るのは楽しい」

修一はニヤリと意地悪く笑い、腰を下ろした。

「そんな暢気にしてると、俺があの子のお初を奪っちゃいますよ」

河野があっけらかんと言った瞬間、修一の表情が鋭いものに変わる。

「そうか。お前は俺に殺されたいのか。手塩に掛けて育てた後輩を始末しなければならないなんて、俺は不幸な男だ」

修一は河野のジャケットを掴んで乱暴に引き寄せると、掠れた声で彼の耳に囁いた。

「ま、待ってください。本気で怖いです。俺にはそんなことできません。強姦には興味がないんです。それに、和貴ちゃんは俺の匂いでなく先輩の匂いが好きなので、イヤだと泣かれます」

「当然だ」

修一は、優越に満ち溢れた笑みを浮べて河野を見た。

「その顔っ！　ちょっと迫って悪戯《いたずら》したら『匂いが違うからヤダ』って拒まれましたよ。これってかなりポイントが高いですよね」

「ふふ。そうだな。かなりの高得点だ。素晴らしい」

修一は、だらしない笑顔を見られないよう、片手で口元を隠して呟く。

「和貴ちゃんは、男同士だから云々《うんぬん》言ってますけど、そんなの口だけだと思うな」

河野は、濡れた両手をつなぎで拭きながら戻ってくる和貴を見て、手を振りながら呟いた。

「裏庭に猫がいたんだ。大きいのが一匹に小さいのが三匹。凄く可愛かった。この敷地に住んでる野良猫なんだろうな。餌付《えづ》けして懐《なつ》いたら飼ってもいい？」

和貴は芝にあぐらをかいて、修一に伺いを立てる。

「主はあなたです。私は、あなたが決めたことに従います」

「うん。それじゃ……猫用のご飯を買いに行かないと」

「それは私が……」

そのとき、耳慣れない警戒音が屋敷の門の方から聞こえてきた。


「通用門にインターフォンがついていたのを見ませんでしたか？　正面門を摑んで乱暴に揺さぶったら、セキュリティーが反応して当然です。ふむ。倉持興介《くらもちこうすけ》、二十一歳。幸造様の末の弟のお孫さんですね。……当然、倉持家の一員」

修一は青年から免許証を奪うと、そこに印刷された住所氏名を確認した。

河野は険しい表情で、騒ぎの原因となった青年を後ろ手で拘束《こうそく》している。

「すいません。分からなかったんです。……そして俺に悪気はない」

「なぜそう言い切れますか？　興介さん」

「俺は……祖父や両親に代わって、謝りに行こうと……」

「謝罪？　和貴さんにですか？」

「そうだよっ！　親たちはみんなバカなことを考えてるっ！　大伯父さんの遺産を上手く横取りしようなんて……出来るはずないじゃないかっ！」

危ないから下がっていろと言われた和貴は、その言葉を聞いて前に進み出る。

生まれて初めて会う、親類。

続柄でいうと、はとこだ。

「あの……初めまして。俺は柴田和貴《しばたかずき》と言います」

「はは。こちらこそ初めまして。倉持興介です」

「河野さん、手を離してあげてください」

クライアントの命令は絶対だ。

河野は、この青年に何か胡散《うさん》臭いものを感じたが、素直に手を離した。

「立ち話もなんですから……中へどうぞ。その……時間に余裕があれば」

「あります。俺はT山大の学生ですが、今は夏休みなんで」

自分と同じ大学に在学する興介に、和貴は目を丸くする。

「え？　俺もっ！　俺もT山大っ！　農学部の二年っ！」

今度は興介が驚いた。

「俺は経営学部の三年。そうか……奇遇だね、和貴君」

爽《さわ》やかに微笑まれて、和貴は嬉しそうに目を細めた。

初めてあった血縁が優しい人でよかったと、彼は心からそう思った。


興介が乗ってきた小型バイクは、車寄せの脇に停め置かれた。

「へえ……俺はこの屋敷に入ったことがないんだ。こうなっていたんだ……。でっけぇ」

応接間に案内されるまで、興介はキョロキョロと周りを見渡し、何かを見つけるたびに感嘆の声を上げた。

応接間に入ってからも、それは終わらない。

「素晴らしいね。こんなに価値のあるアンティーク家具やランプを見たのは初めてだ。凄すぎて金額を出せない」

「……俺は、そういうのに興味がないからよく分からないや。そんなに高いの？」

和貴は彼にソファを勧め、自分も向かいに腰を下ろす。

河野は和貴の後ろに立って、何が起きても大丈夫なように気を配っていた。

修一は無言で、ワゴンに載せた新しいティーセットで給仕を始める。

「こ、興介さんは……前から俺のことは知ってたんですか？」

「いいや。大伯父さんが亡くなって、弁護士が遺言状を開示したときに初めて知ったんだ。だから、みんなはもう、驚くやら怒るやら、大変だった。俺たちの世代は『金はありすぎるとろくなことがない』って思う連中ばっかりだったから、大人たちを冷めた目で見てたんだ」

「……みんながみんな……俺を嫌ってるわけじゃないんだ」

大事なプランターを踏みにじられて、とことん闘ってやると誓った和貴だが、今の言葉に思わず心が緩む。

「そっか……よかった……」

「倉持家の人間は、大伯父さんのように投資家だったり、うちの両親のように会社を経営していたりと、金銭に困っているような人間は一人もいないんだ。なのにみんな金で揉《も》める。挙げ句の果てに、君を誘拐して脅そうとか言って……。いくらなんでもやり過ぎだろう？　和貴君が怒って屋敷にこもるのも当然だ」

修一が、興介にサンドウィッチを勧めながら「和貴さんがここにいることを誰から聞きました？」と微笑みながら尋ねた。

それを聞いて、和貴もようやく「なんで？」と首を傾げる。

「恥ずかしい話ですが……」

興介はサンドウィッチを手にして、「祖父と両親の話を盗み聞きしました」と答えた。

「そっか。それで俺に会いに来てくれたんだ……」

「正確には、祖父と両親の非礼を詫《わ》びに。……あ、手ぶらで来ちゃったよ、俺。恥ずかしいなあ。ゴメンな？　和貴君。今度来るときは、何か旨いものを持ってくる」

申し訳なさそうに苦笑する姿は、真っ白なシャツと相まってとても爽やかに見える。

和貴は肩を竦めて「気にしなくていいです」と言った。

「もしよかったら、たまにはここに遊びに来てください。あ……でも三年だと就職活動か」

「ん？　平気平気。両親の会社に入るから、俺は暢気なもんだ」

興介はニッコリ笑うと愛嬌《あいきょう》がある。

それを見た和貴は、「この人はきっといい人だ」と思い込んだ。

「……夏休みが終わってもここに住むの？」

「そのつもりです」

「ここからだと、バス停も駅も遠い。通学するなら車かバイクがいいね。免許持ってる？　免許」

和貴は首を左右に振った。

免許を持っていると何かと便利だと分かっていたが、清貧生活では、教習所に通う金を出せなかった。

「だったら、取りに行った方がいい」

「でも……今は……」

俺の身の安全が保障されるまでは、あちこち動き回らない方がいいんだ。それに、祖父さんの不審死も、そのまま。免許を取るのは、全部解決してからでもいいと思う。

和貴は苦笑しながら首を左右に振るが、興介は強引に勧めてくる。

「バイクを買う気も車を買う気もないし……」

「和貴さんの送迎は私が行いますので、免許は必要ありません」

キッパリ断れないでいる和貴に代わって、修一が穏やかな声と毅然とした態度で興介を突っぱねた。

「送迎……。ああ、忘れてたよ、和貴君は億万長者だった」

興介もそこで話をやめ、修一が入れた紅茶で喉を潤す。

「大伯父さんってどんな人だったか知ってる?」

「……知らない。俺に祖父さんがいるってことは、死んでから分かったんだ」

「そうなんだ。……まあ、俺もよく知らない人だし。遺産を残してくれてありがとう、ぐらいに思っていればいいよ」

「うん」

「あ、そうだ。お茶の途中で申し訳ないけど、トイレはどこかな？」

「私がご案内します」

席を立とうとした和貴を手で制し、修一が応接間のドアを開けて興介に手を差し伸べた。

「和貴さん……人がよすぎます」

河野は大きなため息をついて、和貴が座っているソファの背もたれに両手を置いた。

「え？　だって……興介さんは俺に謝りに来てくれたんだよ？」

「……胡散臭い。あまりにもタイミングがよすぎます。彼に気を許さない方がいいと思いますよ。きっと水沢さんもそう言うと思います」

河野は心配して言っているのだが、和貴は眉間に皺を寄せて反論する。

「親戚は全員が敵だと思ってたけど、興介さんは違うって言った。俺……凄く嬉しかったんだ」

「気持ちは分かりますが、俺は自分の勘を信じます」

「……俺は興介さんを信じる」

和貴はぷうっと頰を膨らまし、河野を睨んだ。

「可愛い顔で睨まないでください」

「可愛くない」

「はいはい。せいぜい水沢さんに叱《しか》られてくださいな、ご主人様」

「水沢さんは執事で、俺の家来」

「これはまた、古風な」

河野は背もたれ越しに和貴の頭をぐりぐりと撫でて笑う。

和貴は最初は「もう」といやがっていたが、河野がムキになって頭を撫でるので、しまいには笑いながらじゃれ合う形になった。

「あーもーっ！　髪の毛がぐしゃぐしゃだ」

「すいません。あとで水沢さんに直してもらってください」

「河野さんって、なんでもかんでも『水沢さん』なんだよな」

和貴は河野を見上げて、ちょこんと首を傾げる。

河野は曖昧な笑みを浮かべて和貴を見つめ返したが「ま、これくらいならいいか」と呟いた。

「俺は水沢さんに拾ってもらったんですよ」

「え？　拾うって……？」

和貴は、ダンボール箱の中で体育座りしている河野の姿を想像する。犬耳か猫耳か、とにかく彼の頭には動物の耳がついていた。

「また変な想像をしてる。……俺は高校生の頃は手の付けられないヤンチャ坊主だったんです。

殺人と強姦以外はなんでもやってましたね」

今の、「カッコイイお兄さん風」の河野からは想像もできない。

和貴は呆気《あっけ》に取られたまま、彼の話を聞いた。

「今思い出しても恐ろしいんですが、俺は金欲しさに水沢さんを襲ったんです」

「……本当に、恐ろしい」

「ええ。完膚《かんぷ》無きまでに叩きのめされました。でもあの人、俺を病院に連れて行って入院の手続きから見舞い、はては進路相談までしてくれたんです」

「入院するほど殴られたんだ……」

「何本か骨を折っちゃったんで。……そんな目に遭っても、あの人を恨《うら》んだりすることはありませんでした。むしろ、俺、この人についていこうと思いました」

河野は照れ臭そうに笑って「あんなに俺を心配してくれた人は初めてだったんです」と、告白する。

「へえ……。そうだったんだ」

「一度だけ、あの人に聞いたことがあるんです。どうして俺を助けてくれたんだって。そしたらあの人は……」

河野の呟きは途中で止まった。

応接間の扉が乱暴に開けられ、興介が修一に首根っこを掴まれた恰好で現れたのだ。

「いったいなあ……っ！　だから俺は、間違えて二階に上がったと言ったじゃないか。この屋敷は広いんだもの、間違えても仕方ないでしょう？」

「廊下の突き当たりは幸造様の寝室です。勝手にうろつかれては困ります。迷ったのならその場を動かず助けを待つ。これは基本ですよ、興介さん」

修一は冷ややかな声で彼を叱る。

「すいませんでしたっ！　……でもこの人凄いね、和貴君。動きが素早いというか、俺、自分が摑まったの分からなかったよ」

悪びれる様子もなく、興介は白い歯を見せて無邪気に笑いながら修一を誉めた。

修一は、どんな言葉を返すのか和貴を注目する。

「そ、そりゃ……」

和貴は河野にぐしゃぐしゃにされた髪を両手で整えながら、そっぽを向いて「俺の執事は完璧だから」と言った。

唇を尖らせて拗《す》ねたような顔になっているのは、照れくささをごまかすためだ。

だが修一には、すべて理解されている。

「ありがとうございます」

彼は微笑みを浮かべて和貴に頭を下げると、ようやく興介を自由にした。

「俺もまだここに来たばかりで、屋敷の中はよく分からないんです。迷子になったら、執事とボディーガードに探索してもらうのが一番だと思いますよ」

和貴はそう言って苦笑する。

「そうだね。……両親は君と接触するのに反対していたけど、俺はこれからも仲良くやってきたいな。また遊びに来てもいいかい？」

爽やかな笑顔にキラリと光る白い歯。

爽やかすぎて胡散臭いのに、和貴はまったく気づかずに喜ぶ。

「ありがとう。俺は一人っ子だから、興介さんは兄さんみたいだ。……あ、図々しかったですか？　すいません」

「そう言ってくれると嬉しいよ。……じゃあ、いきなりやってきて長居をしては失礼だ。俺はこれで失礼します。……執事さん、いろいろとご迷惑をかけて申し訳ありませんでした」

興介は立ち上がって礼儀正しい挨拶《あいさつ》をする。

和貴は、格好良くて礼儀正しい親戚と知り合いになれてよかったと、心から嬉しく思った。

空豆とジャガイモとベーコンのスープに、ボンゴレスパゲティー。甘鯛のアクアパッツァ。旨いソースを浸して食べられるように、小さな丸パン。和貴がリクエストしたのはおにぎりだけだったが、美しくコーディネートされた食卓はイタリア以外の何ものでもなかった。

「なんでおにぎりが？」

河野は不思議な光景に首を傾げる。

「俺は米がないとダメなんです。豪華な料理ばっかり食べてると、胃がもたれる」

和貴はスプーンを握り締め、あつあつの湯気を立てているスープを見つめながら呟いた。

「田舎の家庭料理なのですが……、それでもダメだと。申し訳ございません」

修一は和貴のグラスにミネラルウォーターを注ぐと、直立不動で頭を下げる。

「ダメとかそういうのじゃなくてっ！　水沢さんの料理は旨い。最高だっ！　でも俺は、その腕を和食に活かしてほしいと思う」

「では和貴さん、毎回リクエストをしてください。料理の詳しい名前はいりません。和食が食べたいか、洋食を食べたいかだけ教えてくだされば、そのように作ります」

「うん。いつも任せっぱなしでごめん。……執事って、食事の支度まではしないんだろ？」

「私の可愛い主。あなたにだけは特別です」

修一は愛しそうに目を細めて微笑むと、自分と河野のグラスにワインを注いだ。

和貴はごくりと喉を鳴らして、旨そうな白ワインを見つめる。

「俺……一口だけなら飲んでもいいよね？」

「絶対にダメです」

修一と河野が、タイミングよく同時に言葉を発した。

「俺がもっと飲みたいって言っても、二人が止めればいいじゃないか」

「可愛い上に艶《つや》めいた表情で『お願い』と言われたら、私は拒絶できません」

修一の言葉に、河野も「俺もです」と苦笑する。

「なんて酷いんだ。今日は、生まれて初めて同年代の親戚に会えた記念の日なのに」

「なおさら飲ませるわけにはいきません。食事が終わったら、私はあなたに言わなければならないことが山ほどあります」

「うるさい」

和貴は唇を尖らせて文句を言うと、具沢山のスープを口いっぱいに頬張った。

そして、感嘆の呻き声を上げる。

「んーんーんーっ！」

「美味《おい》しいんですね？　よく分かります」

和貴は乱暴に頷くと、一気にスープを平らげてスパゲティーへ突撃した。

「んーんーんーっ！」

「誰も取りませんから、ゆっくり食べてください」

和貴は、またもや乱暴に頷く。

しかし。

「和貴さん、うどんや蕎麦《そば》とは違うので、パスタ類を食べる時は音を立てないこと」

和貴はナプキンで口を拭くと、恥ずかしそうに頬を染めて頷いた。

「ゆっくり食べます」

主が素直で可愛いと、仕え甲斐がある。

河野はニヤニヤとだらしない笑みを浮かべ、アクアパッツァを食べながら白ワインを飲む。

「……この煮込みは洋風なのに、おにぎりと合うんだな」

ようやくスパゲティーを食べた和貴は、甘鯛とおにぎりを交互に口に運びながら呟いた。

だが瞳は、未練がましく「大人組」が飲んでいるワインに注がれている。

「主は俺なのに……」

「私は完璧な執事として、主の悪癖を正す義務があります」

「でもっ！」

「これ以上我《わ》が儘《まま》を言うのなら、お仕置きをしなければなりません」

和貴は修一に顎を捉《とら》えられたまま、低い声で囁かれた。

摑まれた場所が急に熱を発し、和貴は目尻を赤く染めてそっぽを向く。

……お仕置きって言ったら……アレだろ。またエロいことするんだろ？　これ以上どんな恥ずかしいことを俺にさせるんだよ。執事ならもっと俺を大事にしろ。優しくしろ。バカ。

和貴が心の中で修一に悪態をついていると、河野まで「俺もお手伝いします」と嬉しそうな声を出す。

「や、やだ……っ！　二人がかりで変なコトされるのヤダっ！　もういいっ！　酒は飲みませんっ！　これでいいんだろ？」

和貴は涙目で怒鳴《どな》ると、「デザートっ！」と修一に命令した。

もとから修一のお小言を聞く気のない和貴は、食事が終わってすぐ部屋の探検に出かけた。この屋敷に移ってから、襲撃も何も起こらない。

「きっと、祖父さんが死んだ場所だから、みんな気味悪がって来ないんだろうな」

一階エントランスには、和貴もよく知っている「幸造じいさん」の肖像画が飾ってある。

肖像画はほかにもあって、美しい少女と寄り添っているもの、少女が一人で椅子に座っているもの、若い頃の幸造が、妻と共に描かれているのもあった。

正面階段をゆっくりと上がり、それをそっと見下ろす。

「祖父さんは、ここで不慮の死を遂げた」

でも俺は……同情できない。俺を孫だと知ってたくせに、何も知らない振りをして近づいてきたことが……悔しい。

母は死の間際まで「お祖父さんを頼りなさい」と言わなかった。父に親族はなく、母は身一つで父と結婚したので、残された和貴が頼る相手といえば祖父しか居なかったにもかかわらず。

きっと酷い祖父なのだろうとずっと思ってきた。

なのに、和貴の前に現れた「幸造じいさん」は優しかった。

「祖父さん、あんたは何をしたかったんだ……?」

和貴が祖父の肖像画にぼそりと呟いたとき、階下に修一が現れた。

「和貴さん。興介さんのことでお話があります」

「聞きませんっ!」

和貴はそう怒鳴ると、自分の部屋とは逆の方角へ走った。

突き当たりの部屋が祖父の寝室で、入る気などまったくなかったのだが、ほかの部屋には鍵《かぎ》が掛かっていて入れなかったので、和貴は仕方なく幸造の部屋に入った。

二間続きの部屋は、すべての家具に白い布が被せてあった。

柔らかな絨毯《じゅうたん》をスニーカーで踏みしめながら次の間のドアを開けると、白いシーツに包まれたベッドが一つ。

　ベッド脇には、なぜか子供のおもちゃ箱があった。

「なんだ……?」

　和貴はゆっくりとしゃがみ、箱の中から人形を取り出す。

　金髪の着せ替え人形は、和貴に向かって微笑んでいた。

　中を掻《か》き回すと、人形の着替えや絵本、オモチャのアクセサリーがたくさん出てくる。

「これって……もしかして」

　ひらがなの拙《つたな》い文字で「くらもちゆうこ」と名前が書かれた絵本を掴み、和貴はごくりと唾《つば》を飲み込んだ。

「それはあなたの母である悠子さんが、幼い頃に使っていたものです」

　いきなり背後から話しかけられて、和貴は驚きのあまり声も出せずに飛び上がる。

「どうして逃げるんですか?」

「小言を聞きたくなかったからです」

「小言を言いたくなるような行動を取るあなたが悪いんです。……まったくあなたという人は。幸造様のことは、今回の騒動が落ち着いてからゆっくりお話ししようと思っていたのに」

　修一は前髪を掻き上げてため息をついたかと思うと、つかつかと和貴の元へ向かう。

「……どうしてここに、母さんの物があるんだ？」

「幸造様は、折に触れて思い出に浸っていらっしゃいました。あの方は、和貴さんのご両親の交際を反対したことをとても後悔していた」

「後悔？　だったら……仲直りすればいいじゃないか。祖父さんが、一言悪かったと言えば、それで済むことだろう？」

和貴は手にしていた絵本を箱に戻し、修一を見上げた。

「それが出来る性格なら、とうの昔にしています。頑固で口うるさく、けれどとても小心だった。仕事では、先を読みつつ巨額を動かせても、人の心はまったく読めませんでした。妻を若いうちに失ってから、男手一つで悠子さんを大事に育ててきたのです。いずれは嫁に出すとしても、自分の娘が苦労しないで済むようにと、結婚相手を大勢用意していたそうです」

修一が、和貴の知らない祖父を語る。

和貴はそれを黙って聞いた。

口を挟んだり、文句を言ったりしてはいけないような気がしたのだ。

「ところが悠子さんは、庭師であるあなたの父親と出会った。二人は密かに愛を育《はぐく》みましたが、使用人の不用意な一言でバレてしまった。当然、幸造様は激怒です。大事な娘を一介の庭師などにやるわけにはいかないと、二人を無理矢理引き離そうとしました。結果、駆け落ちです」

修一は和貴の隣に腰を下ろし、彼の頭を優しく撫でながら話を続ける。

「大事な娘を失ってから、幸造様はもっとちゃんと話を聞いてやればよかったと思ったそうです。最初は反対するだろうが、自分は娘を大事にしているから結局はいいなりになったんだろうと、そうおっしゃってました。……だから幸造様は、強引に悠子さんを屋敷に連れ戻そうとしなかった」

「……うん」

「娘夫婦の居場所を探すのに苦労はしませんでした。幸造様にはたくさんのコネクションがありましたから。二人の住んでいるアパートの、ドアの前まで何度も行ったそうです。しかし、ドアをノックすることはできなかった。楽しそうな笑い声が中から聞こえて来た途端、逃げるように帰ったと、幸造様からそう聞きました。仲直りがしたいのに、会って拒絶されるのがとても怖かったそうです」

和貴は頭を垂れて、修一の声を聞く。

彼の頭の中で、祖父と幸造じいさんが段々と重なっていった。

「和貴さん。娘夫婦の葬儀にも、行かなかったのではなく行けなかったのです。あの方は、和貴さんに罵倒《ばとう》されるのが恐ろしかった。『今頃になって、現れるなんて』と、実の孫に言われるのが恐ろしかったのです。娘に拒絶され、その上孫にまで拒絶されたくなかった」

「……うん」

「ですから、『幸造じいさん』として、あなたの前に現れたのです。幸造様は、とても楽しそうでした。私が知る限り、あんなに楽しそうにしている幸造様はいませんでした。……ですが幸造様は、あなたと親しくなればなるほど、実は祖父だと名乗り出ることが出来なくなりました」

和貴は何も言わず、首を激しく左右に振る。

「俺は……罵倒なんか……しない……っ、最初は……そりゃぎこちないと思うけど……天涯孤独だと思ってた自分に、実は祖父が居るんだと分かったら……絶対大事にした。死んだ両親の代わりに、祖父さんの謝罪を受け入れた。……どうして……言ってくれなかったんだ」

和貴の中で、祖父と幸造じいさんが一つになる。

安アパートの一室で、幸造と交わした言葉の一つ一つが蘇《よみがえ》る。

「俺はずっと……幸造じいさんが俺の祖父さんだったらって……ずっとそう思ってたのにっ」

涙で目の前が霞《かす》む。

ボタボタと絨毯の上にこぼれ落ちるが、拭うことも出来ない。

「……私も、何度も名乗り出てくれとお願いしました。ずっとあなたを陰で見守っていたので、あなたの性格は手に取るように分かっていた」

「幸造じいさんも……同じはずだ。俺の傍にいてくれた」

「ええ。……あの方は、和貴さんに祖父だと告白する勇気が持てない……可哀相《かわいそう》な方でした」

「そんなの……酷いや……。死んでから分かるなんて酷いや。……もう話も出来ない」

富豪の投資家は、臆病《おくびょう》な心を克服することが出来ずに死んでしまった。

和貴は修一の肩に顔を押しつけ、泣きじゃくる。

「ええ、酷い話だと思います。……ですから私が、ずっとあなたの傍にいます。あなたの執事であり、時に兄のように、または父のようにあなたを指導します」

「それは……祖父さんの遺言だから？」

和貴は、無意識のうちに修一に抱きつき、責めるような口調で聞いた。

「確かに遺言にありましたが……それは単なるオマケです。あなたが忘れてしまったのなら、何度でも言ってあげましょうか？　ずっと以前から、あなたを陰から見守っていたと。私は、あなたなしでは成り立たない存在です」

修一の腕が、和貴の体を力任せに抱き締める。

「あなたは、とても大事な主です。愛しくて、可愛らしくて、放《ほう》っておけません。時折意地の悪いことをしてしまうのも、あなたの反応が見たくてたまらないからです」

「それ……好きな子だから苛めるっていう小学生みたいだ」

和貴は自分で言ってから、顔を真っ赤にした。

これではまるで、修一が自分に恋愛感情を持っているのかと聞いているようだ。

「それではいけませんか？」

「だって……俺たちはご主人様と召使い」

その言葉に、修一が小さく笑う。

「私の愛しいご主人様」

「……執事は意地が悪い」

「なんとでも言ってください。私はあなたを決して離しませんから」

「執事だから……？」

「私は、どちらの道にも行ける準備が出来ていますが、あなたはどうなんですか？」

「それって……」

今は難しいことを考えたくない。祖父さんのために泣きたい。

和貴は修一の体にしっかりと抱きつき、彼の匂いを嗅《か》ぎながら目を閉じた。


今日もつなぎ姿で、和貴は庭を耕していく。

彼は、ずっと自分に付き添っている河野を気の毒に思い、一階の納戸からベンチと日よけのパラソルを引っ張り出して庭に設置した。

「どう？　河野さん。具合は」

「安っぽいリゾート地に来てる気分で、最高です」

「なんだよそれ」

和貴は笑って鍬を肩に担《かつ》ぐ。

その仕草が妙に似合っていて、河野は「この子の前世は絶対に農家の人間」と思った。

そこへ、修一が冷たい飲み物を持って現れる。

「あー……水沢さん、タイミングがいいですね。俺、喉が渇いていて」

「そこにバケツの水がある」

修一は、和貴の傍に置いてあるバケツを一瞥し、冷ややかに言った。

「ガス入りのミネラルウォーターとレモンで、即席のレモンスカッシュを作ってみました」

「なにそれっ！」

和貴は嬉しそうに鍬を放ると、修一の元へ全速力で走る。

「うちの厨房は、なんでもあるんだな。ガス入りのミネラルウォーターなんて初めて飲む。いただきます」

和貴は一気に飲み干し、「旨いっ！」と大きな声を出す。

「はい、河野さん。ちゃんと人数分用意してるくせに、水沢さんはそういう意地悪を言わない」

「それが性分です」

修一は苦笑を浮かべ、トレイをベンチに置いた。

「庭を耕して、何を育てる予定ですか？」

「まだ何も考えてない。今はまず、土に栄養をあげるつもり」

和貴はそう言うと、タオルで汗を拭きながらその場に座り込む。

「ベンチというものがあるでしょうに」

「地面の方が好き」

「そんなお行儀が悪いようでは、パーティーに招待されたときに困りますよ？」

なにそれ。

和貴は眉間に皺を寄せて修一を見上げた。

「高城さんがきっちり仕事をしたようです。あなたは今日から、正式に富豪の仲間入りです。そして、mago-kura@xx.co.jpのメーラーは、パンク寸前でした」

「だから……それは一体……」

「私が受け継いだ幸造様のウェブサイトには、あなたと連絡を取るためのメールアドレスを載せているのです。寄付のお願いと迷惑メールは全体の三分の一。残りはすべて、取材とパーティーへの招待です」

「日本……だよな？　国内の話だろ？」

「殆《ほとん》どが海外です。幸造様のお友だちが、あなたに早く会いたいと熱烈ラブコール」

俺は……英語は殆ど分かりませんっ！　そして、パスポートを持ってないですっ！　取材も、出来れば受けたくないっ！

和貴はタオルで顔を隠し、獣のように低く唸った。

「冬休みに、アメリカかヨーロッパに行きましょう。人脈が広がるチャンスです。通訳に関しては、私と河野に任せていただければ完璧ですのでご心配なく」

昨今の執事とボディーガードは、何カ国語も話すものなのか。

和貴は羨望《せんぼう》の視線で彼らを見た。

しかし。

「執事さん。……俺はパスポートを持っていません。海外旅行をしたこともなければ、飛行機に乗るのも初めてです」

「パスポートは冬前に作っておきましょう。飛行機に関しては……慣れてもらう以外仕方がないかと」

「二人が一緒なら、俺はどうにかなると思うんで……」

バカバカしいと笑われそうだが、和貴はなんであんな大きな鉄の塊が空を飛べるのか、未《いま》だに疑問だった。工学部の友人に説明してもらっても、「気持ち的に許せない」とわけの分からないことを言って苦笑されている。

「……海外でパーティーか。まさか、ダンスなんて踊らないよな？　あるとしても、クラブとかそういうノリだろ？」

クラブのノリと言うが、和貴はテレビで見ただけで一度も遊びに行ったことはなかった。

「あ」

修一と河野が短い声を上げ、顔を見合わせる。

「え？　何？　まだ何かあるの？　俺、もしかして地雷踏んだ？」

「幸造様は……ダンスがお上手でした」

「なんだよもーっ！　それ、後出しだぞ、後出しっ！　そういうことは、最初に言ってくれっ！

と言うか、あの祖父さんがダンスが上手かったなんて信じられないんですけどっ！」

和貴はグラスを転がして立ち上がり、修一のジャケットを両手で掴んで引っ張った。

修一は余裕の笑みを浮かべて、主の好きなようにさせている。

「なんだ。……行く道が決まったんですね、和貴さん」

レモンスカッシュを飲みながら呟く河野に、和貴はぴたりと動くのをやめた。

「な……何？」

和貴は顔をゆっくりと河野に向けるが、だんだん赤くなる。

その様子は、海老《えび》が茹《ゆ》でられたときの色の変化に似ていた。

「素晴らしい甘え方だと思います。末永くお幸せに」

「主と執事が一緒にいて、何が悪いんだ？　それだけのことですっ！」

「そういうことにしておきたいなら、それもまたよろしいのではないかと」

河野は涼しい顔でニッコリと微笑む。

反対に、和貴は顔を赤くしたまま唇を尖らせた。

「河野さんのわけの分からない話はこれでおしまいっ！　……それよりもダンスっ！　大事なのはダンスっ！」

和貴は修一を見上げ、「そうだよな？」と強引に同意を求めた。

その日の午後。

大学の友人に「引っ越したんだ」と教えるのをすっかり忘れていた和貴は、アドレス帳を片手に片っ端から電話を掛けた。

応接間の電話はアンティーク調のもので少々使いづらい。

留守電の友人もいたが、大抵の友人たちは電話に出てくれて、「お前、いい加減に携帯持てよ」と怒りつつも、和貴の「事情があって引っ越した」という言葉に「カンパを募ろうか？」と優しい声をかけてくれる。

みな、和貴が清貧生活の奨学生だと知っているのだ。

和貴は友人たちの心遣いに感謝しつつ「ありがとう、でも大丈夫」と、カンパを丁重に辞退した。

「……そうだった。俺は奨学生だ。奨学金の問題は……高城さんに相談した方がいいんだよな」

和貴は電話を切ると、「面倒くさいことになった」とため息をつく。

「和貴さん、携帯電話を持っていないんですか？」

向かいのソファに座っていた河野の問いに、和貴は小さく頷いた。

「余計なものにお金を掛けられない生活だったから。なければないで、どうにでもなるぞ？」

「いやいや。これからは持っていただきます。……今日はもう、水沢さんは出かけてしまったから、明日にでも」

修一は現在、車で買い出しに行っている。

「別にいらないんだけど」

「大学を卒業するまでは持ってもらいます。和貴さんがどこにいるのか、携帯電話のＧＰＳ機能で分かりますので」

「俺が携帯を忘れたら？」

「毎朝、身につけているか確認させていただきます」

「そこまで言うなら……。通話とメールが出来る、操作が簡単なヤツで」

和貴が真面目《まじめ》な顔でリクエストしたそのとき。

ブーともウーともつかない音が、鳴り響いた。

「え？　何？　襲撃？　俺を不慮の事故に追い込もうとしてる連中？」

「違います。通用門のインターフォンですよ。誰かが来たようですね」

河野は素早く立ち上がると、応接間から出て行く。

そして、数分後にしかめっ面で戻ってきた。

「興介さんが見えてます。……私は、彼を屋敷に入れるのは反対ですが、和貴さんの意見は？」

「どうしてそんなに嫌うんだよっ！　あの人はいい人だってっ！　通用門のロックを解除してください。クライアントの命令です」

「クライアントに危険が及ぶ場合は、その命令は無視されます」

「……あんなに大げさに言ってた襲撃や誘拐だって、二回しか起きてない。この屋敷に住むようになってからは、毎日平和だろ？　もう大丈夫。何も起きません。それに、前途ある大学生が、罪を犯して自分の未来をダメにするか？　そんなのありえないだろ？　興介さんは社長令息なんだぞ？」

　しかし河野は動かない。

「分かった。じゃあ俺が、ロックを解除する」

「いけません」

「聞きませんっ！」

　和貴は勢いよく立ち上がり、河野を脇に寄せて応接間から出ようとする。

　しかし、河野に羽交《はが》い締《じ》めにされた。

「はーなーせー」

「離しません」

さすがはプロ、和貴は動くどころか息をするのも苦しい状態に陥る。

「手荒い真似《まね》はしたくないのですが……」

河野がそう呟いたとき、屋敷の警報装置が盛大に鳴り響いた。


「だから、門をよじ上ろうとしたり、柵を摑んで揺さぶったりしたら警報が鳴ると、この前も言いましたよねっ！」

河野は目を三角にして、目の前の青年たちを叱った。

「すいません。本当にすいません。いくらインターフォンを押しても返事がなかったものだから……つい」

興介は深々と頭を下げる。後ろにいた三人の青年も「すいません」と頭を下げた。

「警備会社に、何ごともなかったと説明するのも大変なんですよ？　二度としないでください。今度騒ぎを起こしたら、然《しか》るべき処置をとらせていただきます」

「はい。本当にすいません。でも和貴君を、俺と同じ思いでいる親戚に会わせてあげたくて。和貴君は屋敷の中ですか？」

「ええ。現在お昼寝中で……」

「いーまーすーっ！　ここにいますーっ！」

遙《はる》か後ろから、和貴が全速力で走ってきた。

「帰らないでくださーいっ！」

ああもう。納戸にでも閉じこめておけばよかった。

河野は、背後から近づいてくる声と息遣いを聞き、眉間に皺を寄せる。

「こんにちは、興介さん。本当にまた来てくれたっ！」

「うん。今日は、俺のはとこたちを連れてきたんだ。和貴君にとっても、はとこだよ」

みんな、和貴を見つめて照れ臭そうに微笑んでいた。

「え？」

「倉持って親戚の繋がりが強くてね、何かがあるとすぐに集合するんだ。だから、普通なら疎《そ》遠《えん》になりそうなはとことも仲がいいんだ」

和貴は少々とまどい気味に、興介の後ろにいる青年たちに視線を移す。

「あの……柴田和貴です。よろしく」

「初めてだね。俺たちも興介に話を聞いて、是非とも君に会いたかったんだ」

「俺も俺も。祖父さんと両親が金にうるさくてうんざりしてたんだよね」

「俺たちの世代になっちゃうとね、遺産相続？　それって何？　って感じ」

遺産に執着しない親戚が、一気に三人も増えた。

和貴は胸をきゅんと鳴らし、嬉しくて頬を染めた。

「これからみんなで遊びに行こうと思っててさ。だから和貴君も誘おうと思って」

「俺を誘ってくれるんだ……。ええと、でも俺、持ち合わせが……」

遺産を相続したとはいえ、それは高城弁護士にすべて任せてある。そこから屋敷の光熱費や食費、執事とボディーガードの給料等の経費を出すのだろう。和貴自身が自由にできる金額は、今のところ財布の中の数千円だけだ。

「構わないよ」

興介は爽やかに微笑み、和貴の右腕に手を伸ばす。

だが河野が素早く動いて、興介が和貴の腕を摑もうとするのを阻止《そし》した。

「和貴さんを勝手に連れ出すことは許されません」

河野は和貴を自分の背に隠して守る。

「俺、親戚と一緒に遊びに行きたい。こういうの、初めてなんだ」

「だめです。水沢さんが戻るまで……」

言い争う二人の前で、一人の青年が銃を取り出した。

「だめだよ、ボディーガードさん。大金持ちの和貴君は、俺たちと一緒にドライブするんだ」

和貴は息を吞《の》んで河野の背中にしがみついたが、河野は冷静に銃を観察する。

そして、やれやれとため息をついた。

「なんだそれっ！　改造してあるんだぞっ！　これっ！　至近距離なら、あんたみたいな細い男は簡単に……」

青年が言い切る前に、河野が動いた。

河野は彼の手を押さえてモデルガンを払い落とし、蹴《け》り飛ばす。

「和貴さん、中に入って通用門を閉めてっ！」

和貴は返事をする間も惜しみ、言われた通りに動いた。

興介たちが慌てて追いかけたが間に合わない。

「河野さんっ！　すぐ水沢さんを呼ぶからっ！」

和貴は門の中から大声を出した。

「とにかくあなたは屋敷に入りなさいっ！」

「だって河野さん、相手は四人だっ！」

「言うことを聞かないと、水沢さんに怒られますよっ！」

和貴が摑まることだけは避けたい河野は、とにかく和貴を安全な場所に逃がしたい。

だが興介は、一緒に来た連中に命令する。

「門を登れっ！　今ならまだ追いつくっ！　和貴が屋敷に入る前に捕まえろっ！」

誰がそんなことをさせるかっ！

河野は心の中でシャウトすると、柵によじ上った青年を地面に引《ひ》き摺《ず》り落とした。

そして、とどめの一撃を加える。

「なんだこいつ……っ！　どこの会社のヤツだよ……っ！」

「さあ、どこでしょう」

河野は唇の端を歪《ゆが》めてニヤリと笑い、奇声を発して襲い掛かってくる青年たちを容赦なく打ちのめす。

そこへ一台の車が入ってきた。

修一がハンドルを握ったまま、険しい顔で視線を動かす。

彼は、地面に倒れている青年たちと髪の乱れた河野を見て事態を把握《はあく》した。

「馬脚を現すのが早かったな。倉持興介」

修一は冷徹な視線で呟くと、門の柵にへばりついていた興介を見上げる。

「うるさいっ！」

興介は捨て台詞を吐くと、柵の向こうに飛び降りた。

「河野、和貴は？」

「早々に門の中に入れましたから、今頃は屋敷の中に隠れてるはずです」

修一の登場でホッとした河野の耳に、「うわあぁぁっ！　河野さんがやられたんだっ！」と叫ぶ和貴の声が聞こえてきた。

「河野……」

「あーもーっ！　俺があれほど、屋敷に入れと言ったのにっ！　なんであの子は言うことを聞かないかなっ！」

修一は冷静な表情を崩さずに「そいつらを縛っておけ」と指示を出し、自分は和貴の元へ向かった。


ちくしょう、ちくしょう、ちくしょうっ！　俺はなんてお人好しなんだっ！　少しは他人を疑えっ！　水沢さんと河野さんの言葉をどうして信じなかったっ！

和貴は屋敷に向かって走りながら、心の中で自分を罵倒した。

背後には強烈なプレッシャー。

興介が追いかけてくる。

「あああああっ！」

興介の荒い息と走る音が急激に近づいてきて、和貴は恐怖のあまり意味不明の声を上げ続けた。

「待てよっ！　おい和貴っ！」

背後の声など聞かない。あと少し。もう少しで、玄関扉に手が届く。

しかし和貴は、ドアノブに手を掛けようとしたところで捕まった。

「捕まえたっ！」

「離せっ！」

和貴は力任せに扉に叩きつけられたが、怯《ひる》まずに言い返す。そして渾身《こんしん》の力で興介を蹴った。

この男よりも自分の方が屋敷の中を知っている。

とにかく和貴は、興介の腕が自分から離れた瞬間を逃さずに、扉を開けて中に入った。

「ここまで来て逃がすかっ！」

「あんたしつこいっ！」

「しつこくもなるさっ！　なんでお前が、あのジジイの遺産を全部相続するんだよっ！　お前の母親とお前の存在なんか、倉持家から抹殺《まっさつ》されたのと同じなんだぞ？　今更出てくるんじゃないっ！　さっさと俺たちに譲れっ！」

修一から幸造の真意を聞いていた和貴は、今の言葉に酷く傷つく。

だが黙らない。

「そっちこそ、祖父さんの気持ちを知らないくせに好き勝手言うなっ！」

和貴は覆い被さってくる興介の左頬に会心の一撃を食らわせ、勢いよく階段を上がった。

自分の部屋は一間しかないが、幸造の部屋は二間ある。たしか寝室には巨大なクローゼットがあったはずだ。その中に隠れていれば、きっと修一が助けに来てくれるだろう。

和貴はそう思って祖父の部屋を目指した。

部屋の中に入ってドアに内鍵を掛け、寝室のクローゼットの中に入って息を潜《ひそ》める。

興介が大声を上げながら廊下の壁を叩く音、鍵の掛かっている客間のノブを乱暴に鳴らす音が、徐々に近づいてきた。

……河野さんは大丈夫かな？　いくら強いボディーガードでも、相手が四人じゃやられちゃうよな。俺が言うことを聞いていれば、こんなことにならなかったのに。これはもうお仕置きされるどころの話じゃない。

和貴は体を縮こませて反省しているうちに、鼻の奥がツンと痛くなった。

もし自分がここで誘拐されて、何をされるのか想像はつかないが酷い脅しを受けて、それに屈服したら、もとの清貧生活に戻る。

彼らはきっと、ぽっと出の和貴に遺産を残してやるという優しい気持ちなど持っていないだろうから。

それは別に構わない。

ただ……。

修一と離ればなれになってしまうのが悲しかった。

もし修一が残ってくれるとしても、和貴には修一を雇えるだけの金がない。

「……水沢さん。……修一……俺……」

出会いは最悪で、世の中にはこんな執事がいるのかとさえ思った。「あれはダメ、これはダメ」と口うるさいし、奉仕と称していやらしいことをするなんてありえない。

けれど和貴は……。

「修一……俺、離れたくないよ……」

ずっと俺のことを見守ってたって、俺のことなんでも知ってるって、バカ、変態。そんなのストーカーじゃないか。一方的に知られるなんてヤダ。だから今度は……修一のこと、なんでも教えて。何でも知りたい……。

和貴はじわりと浮かぶ涙を乱暴に拭うと、クローゼットの奥で深呼吸した。

興介の出す乱暴な音が、ついに祖父の部屋の扉を壊した。

「和貴、どこだっ！　どこにいるんだ？　出て来いっ！　……ったく、逃げ足の速いヤツだ」

何かが倒れる音や、踏みつけられるように鈍い音が響く。

和貴には何も見えなかったが、興介が調度品を壊しているのだと想像がついた。

「この年でかくれんぼか？　お前がこの部屋に入ったのがちゃんと見えたんだぞ？　出てこい。……ったく、相変わらず辛気くさい部屋だな」

興介の声が段々近づいてくる。

「おーい和貴ちゃん、お前も俺に脅されて不慮の事故に遭ってみるか？　お前の祖父さんなんて、ビビって何も言い返せなかったんだぞ？　おい」

今……なんて言った？

和貴は目を見開き、驚愕《きょうがく》に体を震わせた。

「せっかく俺が、和貴ちゃんの世話もするから遺産を相続させてくれって提案したのに、あのジジイは最後まで首を縦に振らなかった。バカだよなあ。はは」

笑うな。俺の祖父さんを笑うな……っ！

和貴はカッとなってクローゼットから飛び出ると、興介の姿を探す。

「え……？」

「お前、素直というよりバカだろ？」

クローゼットの反対がわの扉に、興介がへばりついていた。

和貴は興介に蹴り飛ばされて床に仰向《あおむ》けに転がる。

「俺が、自分の手を汚すとでも思ったのか？　そんなわけないだろう？　あのジジイは勝手に死んだんだぞ？　ただ、あのとき……バルコニーに置いてある椅子の上に乗って、背伸びをしながら何かやってたけどな」

興介は和貴に馬乗りになり、彼の顎を乱暴に摑んで意地悪く笑う。

「さてと。あまり長居できないんだ。大人しく言うことを聞けよ？　俺のマンションに連れ帰って、お前が遺産を譲渡したくなることをたくさんしてやるからな。可愛い和貴ちゃん」

「離せ……っ」

「何言ってんの？　俺にそんなことが言える立場か？　倉持の人間はな、誰一人としてお前のことなんか認めてないんだっ！　お前は生きてるだけで迷惑なんだよっ！」

和貴は、一度でもこの男を信用した自分を情けなく思った。

情けなくて、悔しい。

和貴は目尻に涙を浮かべて抵抗を繰り返す。

「ちくしょ……っ……ちくしょう……っ」

「ああ、いいねえ、その顔。あとで素っ裸に剥《む》いて、死んだ方がましだって恰好をたくさんビデオに撮ってやるからな。言うことを聞かなかったら、ネットに流して大学にもリンクを張ってやる」

興介は嬉しそうに微笑むと、自分を睨みつけている和貴の頬を叩こうと手を上げた。

「そこまでだ」

修一は興介の振り上げた手を摑み上げ、力任せに和貴から引き離す。

「たかが使用人の分際でっ！」

「私が仕えているのはあなたではありません」

修一は興介の胸ぐらを摑むと、冷徹に微笑んだ。

「私の大事な主に手を上げようとするなんて、どんな罰を与えましょうか」

「な、何を言って……」

「それだけではありません。和貴さんの素直な性格を逆手にとって思いを踏みにじった。万死に値します。……河野」

修一は興介をつま先立ちになるまで片手で引き上げたまま、河野を呼んだ。

隣の部屋に控えていた彼は、にっこりと微笑んで興介を受け取る。

「お前らっ！　俺の両親に言って……うぐっ」

「静かにしなさい」

修一は、興介の腹に拳《こぶし》をめり込ませて呟いた。

「殺されないだけマシだと思いなさい。……あとは頼んだ」

「はい、任せてください」

河野は、苦しみながらも悪態をつく興介を引き摺って部屋から出て行った。

「……河野さん、無事だったんだ。よかった」

「よくありません」

修一は和貴を抱き起こしながらしかめっ面で叱る。

「うん。俺……お人好しだ。全部嘘《うそ》だって。倉持の人間は、みんな俺が嫌いだって……」

「勝手に言わせておきなさい。あなたには私がいればいい」

「うん」

和貴は修一にしがみつき、何度も頷いた。

「ずっと俺の傍にいてください。給料いっぱい払うから、ほかのご主人様のところに行かないでください。俺……水沢さんと……修一と離れるのがいやです。ずっと一緒にいたい」

「和貴さん……」

「立派なご主人様になれるように、頑張るから。怒られても言い返したりしない。言うことを聞かない……悪い子のときはお仕置きしてもいいです。その代わり……」

「その代わり？」

そこから先が、とても言いづらい。

恥ずかしくて死にそうだし、自分がそういうことを言う人間だと認めるのが苦しい。

けれど和貴は、修一にそっと顔を上げられた。

「和貴さん……？」

「その代わり……俺が……いい子でいるときは……奉仕してください」

修一の、眼鏡の奥の瞳が、驚愕で一瞬丸くなる。

「だ、だめですか……？」

修一は返事をする代わりに、和貴に深く口づけた。

和貴はその部屋に初めて足を踏み入れた。

カーテンとベッドは天蓋付きのロマンティックなものだったが、母の部屋と比べると随分と男っぽい。床は淡い色のフローリングで、天井にはシャンデリアとは違う楕円状の照明がついていた。壁は真っ白だったが、写真や絵画を飾れば殺風景でなくなるだろう。

デスクや本棚、ソファセットは黒で、テレビやオーディオ機器まで揃っている。

本棚には見たことのある本が並んでいたが、和貴はそれが自分のアパートにあったものだと気づいた。

「あ、パソコンだ」

デスクの上には、デスクトップのパソコンまで用意してあった。

「幸造様の言いつけで、私が用意しました。この部屋はあなたの部屋です。あなたのアパートにあった物は、すべてこの部屋にあります」

修一は、デスクの上に部屋の鍵を置く。

「うん。俺の部屋か。ありがとうって……」

祖父さん、ホントにありがとう。最後まで名乗らずに終わったけど、祖父さんが俺をどれだけ大事に想ってくれたか、もう分かったから。

和貴は心の中でそっと呟き、自分の使用人たちを見つめた。

「あの……一つ質問をしていいですか?」

せた。

「なんで二人とも……正装してるの？　手袋まではめて。俺なんか……こんな恰好なのに」

和貴はバスローブの裾《すそ》をヒラヒラさせながら、燕尾服《えんびふく》を着ている修一と河野に首を傾げてみ

「今日の和貴さんは、してはいけないことをたくさんしたそうですね。河野から聞きました」

「え……？」

「興介さんを屋敷に入れてはだめだと言われたのに、それを無視した。河野に、屋敷の中に逃げなさいと言われていたのに逃げていなかった。そして……もっとも重大な過ちは、私たちを心底心配させたことです」

修一の冷静な声を聞き、和貴はたらたらと冷や汗を掻く。

確かにその通りだが、結局は何ごともなかったし、みんなと和《なご》やかに夕食も食べた。

「終わりよければすべてよし、だろ？　な？　みんな無事ですっ！　そして、水沢さんの作った夕食は、とても美味しかったっ！　ちらし寿司なんて、久しぶりに食べましたっ！」

「……ふっ、シェイクスピアですか。でしたら私は、今からじゃじゃ馬ならしということで」

修一は眼鏡のフレームを指先でくいと持ち上げて意地の悪い笑みを浮かべる。

「……空騒ぎの方がよくないですか？」

河野が苦笑を浮かべながら口を挟んだ。

「どうぞ」

「すいませんっ！　俺、農業のことしか分かりませんっ！　そして恥ずかしいことですが、シェイクスピアは読んだことがないです」

「でしたらこれから読みましょう。教養を付けるのはいいことです」

「分かった。じゃ、そういうことで、今夜は寝ます」

和貴はベッドに走ろうとしたが、河野に捕まってしまう。

「だめですよ、和貴さん。水沢さんと俺は、あなたを守ったご褒美を戴《いただ》かなくては。そのために、正装をしているんです」

「それ、ご褒美じゃなく……お仕置きの間違いじゃないですか？」

和貴は顔を赤くして尋ねるが、河野は笑みを浮かべたまま何も言わず、和貴のバスローブに両手を滑り込ませる。

「シルクの手袋の感触は気持ちいいでしょう？　するりと滑って、ひんやりとして……」

「や……っ」

河野の指が、和貴の小さな乳首に触れ、ゆるゆると擦った。

「和貴さんは気持ちのいいことが大好きでしょう？　どうしていつも、そんなに恥ずかしがるんですか？」

修一が和貴に近づき、彼の顎を捉えてキスをする。

甘く深く、時折乱暴なキスを受け、両方の乳首を愛撫される。

和貴は二人の男の間に挟まり、身動きできずに体をひくひくと震わせた。

「私の可愛い主。私たちはご褒美をもらい、あなたはお仕置きを受けるのです。ご自分で言ったでしょう？　悪い子のときはお仕置きしてくださいと」

「でも……でも……こういうのは……、あ、あぁ……っ……それやだ……っ」

バスローブがはだけて、和貴の肩と胸が露《あら》わになる。

河野の指が、乳首の周りの皮膚ごと摘み上げ、引っ張りながら先端を爪で弄っていた。

それをされると、和貴は一人で立っていられなくなる。

気持ち良くて、胸の奥がきゅんと切なくなって、無意識のうちに腰が揺れた。

「和貴さん。乳首が赤く色づいて大きくなりましたね。もっと弄ってほしいですか？」

修一は和貴のバスローブの紐《ひも》を解《ほど》き、彼の体からそっと剝ぎ取る。

「乳首を弄られてこんなに感じている。もっと弄ってほしいでしょう？」

固く閉じられた和貴の足は、修一に片足を持ち上げられて広がった。

「あ……っ……だめ……恥ずかしい……恥ずかしいよ……っ」

二人は正装しているのに、自分だけが全裸で、しかも動物が用を足すような恰好にされ、和貴は目尻に涙をためる。

なのに、無毛の下肢から雄は硬く勃起《ぼっき》し、先端からとろとろと蜜を溢れさせていた。

気が遠くなる恥ずかしさなのに、それが、信じられないほど気持ちいい。

「いい重さだ。ここに入っている蜜がなくなるまで、たくさん恥ずかしいことをしましょうね」

修一の右手が、興奮して持ち上がった和貴の袋を包み、やわやわと優しく揉んだ。

「ひゃあ……っ……あ、あ、あ……っ……」

「和貴さん、そっちの方が気持ちいいの？　ここは？　もう弄るのやめましょうか？」

河野は、乳首を愛撫していた手を止める。

「あ……っ……やめちゃ……やだ……やめないで……」

「ふふ。そうだよね。和貴さんは、おっぱいを弄られるの大好きだもんね」

「あ、ああ……っ……んん……っ……気持ち……いい……気持ちいいよ……っ」

和貴は乳首と袋をねちねちと弄ばれ、雄の先端から蜜を溢れさせた。

蜜は糸を引いて床に零《こぼ》れ、いやらしい染みを幾つも作る。

「水沢……さん……っ……修一……修一……っ……も、だめ……っ」

「何がどうだめなの？　和貴さん。言わなければだめですよ？　和貴さんにはお仕置きなのだから」

「もう……出したい……射精……したいです……っ」

「これくらいで、もう音をあげてしまうとは。和貴さん、あなたは我慢が出来ないご主人様ですね」

修一は和貴の耳元で優しく囁くと、彼の耳を舌でねぶった。

「んぅ……っ……あああ……っ」

　こんなところまで感じるなんて信じられない。

　和貴は耳や周辺を嘗《な》められ、耳たぶを甘噛みされて、ぎこちなく腰を揺らす。

「どこを愛撫されても敏感に感じて、和貴さんはこんなに淫乱《いんらん》だったんですね。私が見ていてあげますから、河野の指で苛められて射精してください」

　修一はゆっくりと和貴から離れ、ベッドに腰を下ろして微笑を浮かべた。

「あ、ああ……だめ、だめだって……修一……っ……俺……射精したい……っ」

「だから俺が、こうして弄ってあげます。……ほら、和貴さんが身悶えるところを、水沢さんによく見てもらいたいでしょう？　足を大きく広げて」

　執拗《しつよう》に乳首だけを嬲っていた河野は、今度は手全体を使って和貴の胸を揉みしだく。

　筋肉質の硬い胸は丁寧に揉まれていくと少しずつ柔らかくなった。

　柔らかくなるにつれ、和貴は甘く可愛らしい声を上げ始める。

　彼の足は大きく開き、河野に支えてもらわなければ倒れてしまうほどだった。

　その様子を、修一は黙って見つめる。

「和貴さん、男の胸でもこんなに柔らかくなるんですよ？　乳首もつんと勃ちあがって、ふっくらとして……女の子みたいだ」

「そんなこと……言うな……っ……あ、あん……っ」

「可愛いですよ、和貴さん。おっぱいを揉まれて気持ちいいでしょう？　女の子は、こうしてもらうと気持ち良くなるんです。女の子になっちゃいましょうよ。ほら、ここをこうして弄ってあげますから」

河野の指が再び和貴の乳首を摘み、強く引っ張って先端を指で苛める。

「いや、いや、いや……っ……俺……乳首でイッちゃう……っ……男なのに、乳首で……っ」

「水沢さんに、『射精するところを見て』とお願いしましょう」

「あ、あ、あ……っ」

和貴は前屈みになって逃げることも出来ないまま、快感に潤んだ視線を修一に向けた。

ああ、こんな恥ずかしいところを見られてる。

「修一……修一……見て……俺のイクところ……っ」

和貴は修一と視線が合った瞬間、甘い悲鳴を上げ、ぎこちなく腰を揺らしながら射精した。

いやらしい汁の塊は床にぼたぼたと落ち、じっと見つめていた修一の靴まで汚す。

「乳首で射精できましたね。……とても可愛らしかった」

修一は嬉しそうに笑みを浮かべ、河野から和貴を受け取った。

「こんな……恥ずかしくて……気持ちいいこと……初めて」

すっかり快感の虜《とりこ》となった和貴は、修一に抱きついて甘える。

「お仕置きになりませんでしたね。今度はベッドに行きましょう」

修一は苦笑を浮かべると、和貴をひょいと抱き上げてベッドに向かった。

生まれて初めての行為だが、和貴は懸命に修一へ奉仕をしていた。

修一は燕尾服のままでベッドにもたれ、スラックスのファスナーを下ろして怒張した雄を和貴に含ませている。

河野は、尻《しり》を高く上げた四つん這いの恰好で奉仕している和貴の後ろに座り、彼の後孔や会《え》陰《いん》に指で刺激を与えていた。

「そう……そこを嘗めて。……強く吸いながら、唇で上下に擦るんです」

修一は和貴の髪に指を絡ませ、優しく指導する。

「ん、ふ……っ……んん……っ」

口の中いっぱいに修一の味が広がり、その太さと長さに喉と顎が痛くなる。なのに下肢は快感に捕らわれて、和貴はもどかしい思いで涙を零した。

「んぅ……っ」

後孔に何かを垂らされて和貴は修一の雄から唇を離した。

「ああ……何……？　それ……何？」

「ローションです。遮るものがないから、とろとろと流れていく。可愛い股間」

無毛にされた股間を指で辿られ、和貴の体が歓喜に震える。

「和貴さん、河野が今から柔らかくほぐしてくれますからね。力を抜いて、たくさん感じてください」

「ん」

和貴は素直に頷き、修一の雄を握りながら河野に尻を突き出した。

ローションにまみれた河野の指が、つぷんと、和貴の後孔に挿入される。ゆっくりと抜き差しを繰り返しながら、今度は二本。

ちゃぷちゃぷと粘り気を帯びた水音が部屋に響き、和貴は短く甘い声を上げて修一の雄を扱《しご》いた。

「柔らかくて、熱くて……すごい締め付けだ。和貴さん、気持ちいいですか?」

「はぁ……っ……んん……っ……いい……凄くいい……っ」

三本目の指が入り、小刻みに突き上げられながら、和貴は頭を振った。

河野は指を抜き、ごくりと喉を鳴らして膝立ちすると、スラックスのファスナーを下ろして勃起した雄を出す。そして、開いていた和貴の両足を固く閉ざすと、彼の太股《ふともも》と太股の間に己の雄を差し込んだ。

「やあ……っ」

和貴は修一の腰にしがみついて助けを求めるが、彼は和貴の頭を優しく撫でるだけだ。

「心配しないで、和貴さん。ご褒美をもらうだけです」

河野は小さく笑い、和貴の腰を摑んで腰を動かす。

素股という言葉を知らない和貴は、修一にしがみついたまま未知の快感に動揺した。

河野の雄が会陰を擦るたびに体の内部に激しい快感がわき上がり、雄の先端に袋を突き上げられると胸の奥が切なくなる。

「や……っ……ん、ぬるぬるする……っ……体の中が……熱くて……っ」

会陰と袋への刺激で、和貴の雄は腹につくほど勃起して、河野に揺さぶられるたびにぷるんと震えた。

和貴は、擬似《ぎじ》的な挿入行為に感じて、腰を揺らして喘ぐ。

「敏感でいやらしいご主人様。挿入されていないのに、そんなに感じるの？」

和貴は何も言えず、ただ首を上下に振った。

「そんなに締められたら、こっちも……もう我慢できないな……」

河野は上擦った声で笑うと、一層激しく腰を打ち付ける。

「あ、あ、あ……っ……そんなに擦っちゃ……だめ……っ」

「んぅ……っ」

河野はくぐもった声を上げて、和貴の太股や尻に射精した。

「……こんなに興奮したの、久しぶりかもしれない」

ふうと満足のため息をつく河野に、修一は苦笑する。

「お前のそういう、分をわきまえたところが好きだぞ」

修一は、会陰を擦られた快感で体を震わせている和貴の頭を撫でながら呟いた。

「だって和貴ちゃんが好きなのは先輩だから。余計なことをせずに自分も楽しむってのが俺のモットーです。久しぶりに言葉責めもできて楽しかった。……これからも、こういうのに誘ってくださいね」

河野はそう言うと、萎《な》えた雄を元に戻してスラックスのファスナーを上げる。

そして、「この先は二人きりで楽しんでください」と言って、部屋をあとにした。

「よくできた後輩なんだか、それともモラルに欠けているというか……」

だがモラルに関しては修一も人のことを言えない。

「修一……俺……体が熱くて……」

「分かってます」

和貴は修一の手で仰向けに寝かされ、大きく足を広げられた。

河野の放った精液が無毛の股間に飛び散っていて、まるで犯されたあとのように見える。

「和貴」

「え……」

呼び捨てにされた……。でも……凄く……感じる。

和貴は、新たな快感に染まった瞳で修一を見上げた。

「和貴……」

「は、はい」

「お前の処女を俺に寄越せ」

修一の、欲望に染まった瞳と声が和貴の体を快感で包み込む。

和貴を見下ろしているこの男は、執事でもなんでもない。

ただの欲情した男だった。

「奪って……奪ってくれ……俺の……」

軽々と腰をすくい上げられた和貴は、修一に両手を伸ばしながら呟く。

「俺の処女……奪って」

修一が嬉しそうに目を細めて微笑む。

そして二人は、ゆっくりとキスを交わした。

熱く太い楔《くさび》で後孔を貫かれ、乱暴に揺さぶられる。

和貴は肉壁の感じる場所ばかりを突き上げる修一に、何度も「意地悪」と言いながら、激しい快感にむせび泣く。

今までのどんな快感よりも、今の繋がりが感じる。

まったく苦痛はないとはいえないが、それよりも一つに繋がったことが嬉しくて、和貴は修一の下で際限なく乱れた。

「あぁ……っ……あ、あ、あ……っ……修一、修一……っ！」

「もっと感じさせてやる……っ……お前はもう……俺の女だ……絶対に離さない……っ」

「ん。離すな……っ……俺を離すな……っ……、あ、ああ……っ……お尻でイっちゃう……っ修一……俺……お尻でイッちゃうよ……っ」

和貴は恥ずかしい言葉を自ら口にして、自分がどれだけ感じているか修一に教える。

修一は意地の悪い笑みを浮かべ、わざと動きを遅くした。

「処女のくせに……もうそんな淫乱なことを言うか」

「なんで……やだ……もっと動いて……っ」

和貴は自ら腰を揺らすが、修一にぐっと腰を掴まれてしまう。

「お前をこうして苛めていいのは俺だけだ。分かってるな？　和貴」

「はい、……はい……分かってる……分かってます……」

「こんなにいやらしく俺を締め付けて」

「ごめんなさい……でも俺……自分じゃどうしようもなくて……」

「処女なのに、貫かれてすぐに感じる。……なんて悪い子なんだ。悪い子にはどうすればいいか、分かっているか?」

二人きりのベッドの中。

修一は低く甘い声で和貴を苛《さいな》む。

主従関係が逆転した執事は、サディスティックな愛情を隠そうともしない。

年若い主は、勃起した雄をより一層硬くし、蜜を滴《したた》らせながら被虐の快感に体を震わせる。

「和貴……分かっているか?」

「お仕置き……お仕置きして……ください。……俺は、感じすぎで悪い子です。……だから、うんと叱って。……修一にうんと叱られたい……」

和貴はそれを口にしただけで、修一の雄を強く締め付けながら射精した。

精液は二人の体をねっとりと汚し、とろりと垂れてシーツを汚す。

「ごめん……俺……我慢できなくて……」

和貴は修一の肩に顔を埋め、恥ずかしそうに小さく喘いだ。

「可愛い和貴……。俺はまだ一度もイッていないんだぞ?」

修一は和貴を力任せに抱き締めて、苦笑しながら呟く。

「本当に……ごめんなさい……」

「今夜は寝かせないからな。声が掠れるまで、可愛い声を上げ続けろ。お前の中に、たっぷりと精液を注ぎ込んでやる」

「ん。……俺に修一の匂いを移して。同じ匂いにさせて……」

和貴は修一の腰に足を絡めてねだり、修一は何度も頷いた。

そして再びベッドが軋《きし》み、和貴は修一の下で甘い声を上げる。

彼に請《こ》われるまま恥ずかしい言葉を口にし、淫らな恰好で、快感で気を失うまで修一とずっと一つに繋がり続けた。


体がだるくて思うように動かない。

和貴は大好きな畑仕事も出来ないまま、つなぎ姿で木陰でだらしなく仰向けになっていた。

「そんなに凄かったんですか？　水沢さんは」

河野は和貴の隣に腰を下ろし、暢気な声で尋ねる。

だが和貴は顔を赤くしてそっぽを向いた。

「スイッチが入ってるときと入ってないときじゃ、態度がまったく違うのが面白いです」

「少し黙っててくれないかな、河野さん」

「はは。でもああいうの楽しかったでしょ？　先輩も、ようやく本懐が遂げられてよかった。あの人、和貴さんのことをいつも俺に話して聞かせてたんですよ？　もう、うるさいうるさい」

「……先輩？　どういうこと？」

和貴は顔を河野に向けて尋ねる。

「もう言ってもいいか。……水沢さんは、俺と同じ職場にいたんです。しかも俺の担当教官。『鬼の水沢』と恐れられていました。あの人ねえ、凄い高額取りのボディーガードだったんです。幸造様の命令で、時々和貴さんをストーキングしてましたけどね」

なんですかそれ。

和貴は目を丸くして、「よっこらしょ」と体を起こす。

「ボディーガード……か。だから、あんなに強いんだ」

「ええ。しかも『ドS』でしょ？　冷静な丁寧口調でねちねちと嫌味を言われると、こっちの精神が崩壊しますね」

河野は心の底からうんざりした顔を見せ、和貴を笑わせた。

「祖父さんの遺産ってのは……どういう意味だったんだろう」

「それは本人から聞いてください」

河野は、いつものように軽食と飲み物を載せた銀のトレイを持ってこっちに歩いてくる修一を指さす。

昨日の今日で、そんな深刻なことを聞いてもいいんだろうか？　というか、修一と目を合わせるのが大変恥ずかしいです。ええ。

朝、ベッドの中で一緒に目を覚ました。そのときから、和貴は修一と目を合わせないし、最低限の会話しかしていない。

「今日はここですか。桃のタルトを作りました。アイスティーと一緒にどうぞ」

修一は、昨夜の激しさをまったく感じさせない涼しい表情で、和貴の傍《かたわ》らに跪《ひざまず》いてトレイを置いた。

「わあ、旨そう」

河野は喜びの声を上げたが、主である和貴が手を伸ばさない限り動けない。

和貴は耳まで真っ赤にしたまま、唇を尖らせている。

「和貴さん？　桃は嫌いでしたか？」

「……好き」

「でしたら、どうぞ」

修一はタルトを皿に盛り、笑みを浮かべてフォークと共に和貴に勧めた。

和貴は無言で受け取る。

「なんで……」

「はい？」

「なんでそんなに……いつもと同じ態度なんだ。あ、あんな凄いことをしておいて、言っておいて……、野獣がヒツジの皮を被るなんて……」

和貴は修一から視線を逸らしたまま、掠れ声で呟いた。

「どの私も、私には変わりません。それに、仕事中にあなたを押し倒すわけにはいかないでしょう？　大事な主なのですから」

「どこまでが仕事で、どこからプライベートなんだよっ！　俺は……俺は……恥ずかしくて、穴があったら入りたいっ！　……いや違うっ！」

和貴はトレイにタルトを置くと、のろのろと畑まで歩いて鍬を持つ。

「穴なら自分で掘ればいいんだっ！　ちくしょうっ！」

河野は笑いを堪《こら》えてそっぽを向き、修一はため息をついて和貴の元へ向かう。

「朝の、私のフォローが足りなかったようですね。あなたをこんなに困らせて申し訳ありませんでした」

「ホントだよっ！」

和貴は鍬で畑を耕しながら、大声を出す。

「一生あなたの傍を離れないという私の言葉を信じてください」

修一は和貴の手から鍬を取ると、彼を優しく抱き締めた。

「あなたをとても大事に思っています。昨夜は、あなたと一つになれる……ある意味初夜でしたので、思わず野獣になってしまいました。もうあんなことはありません。ですから、私を避けないでください」

「野獣の修一は格好良かったけど……でも怖い。だから……これからは……執事の修一でいてくれるか？　執事の修一として……俺に奉仕してほしい。……だめ？」

「分かりました。可愛い主のお願いを聞かない執事はおりません」

修一が優しく微笑んだので、和貴は安心して彼を抱き締め返す。

「一生……絶対に離さないからな。俺の大事な執事」

和貴は修一の耳元にそう囁くと、機嫌を直してタルトの元へ向かった。

「え……？　修一って、祖父さんに拾われたの？」

河野が修一を「先輩」と呼ぶところから始まった修一の過去話に、和貴は驚いてばかりいる。

「拾われたというか……まあ、そういうことになりますね。小学生の時に両親を亡くした私は施設に入っていたんですが、とてもすさんでいましてね。ははは。幸造様は、その施設の出資者で、たくさんのプレゼントを持ってよく慰問に来てくださいました」

「両親がいない……。俺と同じだ」

和貴は修一の右手を自分の両手でそっと包む。

「随分とひねくれていた私に、幸造様はよくしてくださいました。中学を卒業するまでは施設でしたが、高校に入ってからは私はこの屋敷で暮らしていたんです。なんで身寄りのない子供の後見になったのかと聞いたことがありましてね……」

修一はそこで一旦口を噤《つぐ》み、アイスティーで喉を潤すと、苦笑を浮かべて続けた。

「私のひねくれ具合が、昔の幸造様とよく似ていたからだそうです。『お前を見ていると、以前の私を思い出す』と、笑いながらおっしゃってました。大学を卒業して要人警護の会社に入ったときには、とても心配してくださったんです」

みんな誰かに手を差し伸べられていた。

河野は修一に。

修一は幸造に。

そして和貴は、修一や河野、高城弁護士に。

和貴は密かに感動に浸っていたが、一つの疑問が浮上した。

「あの……」

「はい？」

「執事業は……一体どこで習得したの？　すっごい疑問」

和貴の質問に、修一は河野と顔を見合わせてからくすくすと笑い出す。

何やら二人の間に親密なものを感じて、和貴は面白くない。

「申し訳ありません。うちの会社は、容姿端麗な者はすべてセレブリティーの警備につくのです。クライアントへの接し方は、実習で学びました」

「しかも海外実習なんです。場所はマナーハウス、教官は現役の執事。実を言うと、二度と行きたくありません」

しかめっ面で呟く河野に、修一も「まったくだ」と同意する。

「じゃあ、河野さんも……やろうと思えば執事が出来るってこと？」

「ええ。出来ますよ、和貴さん。先輩に飽きたらいつでも言ってください」

「ごめん。それはない」

「即答ありがとうございました……って、少しは考える素振りを見せてくれてもいいと思います。俺が可哀相」

河野は大げさに嘆いて、芝に寝転ぶ。

「修一は……今もボディーガードの会社に所属してる？」

「ええ」

「じゃあ、退社してくれ。修一に見合った給料を俺が出す。ずっと執事でいてほしい。執事でいてください。お願いします」

和貴は修一の手をぎゅっと強く握り締めた。

「最初からそのつもりです。私はあなたから離れたくありません」

ふわりと甘い雰囲気を壊す、騒がしい音。

通用門から誰かが入ってくる。

それも、一人二人ではない。

門のマスターキーは修一が持ち、合い鍵は和貴と河野が持っている。

それと、あと一人。

「みんなー、久しぶりだねー、元気だったかい？」

最後の合い鍵を持っている男が、和貴たちに手を振った。


「倉持のバカ坊ちゃんたちを捕まえてくれたおかげで、いろいろと楽しい話を聞くことが出来たんだよ」

午後のお茶の時間に、高城弁護士が加わった。

「だから……アレなんですね」

高城と一緒にやってきたのは吉原を始めとする数名のボディーガードだった。

和貴は、祖父の部屋からバルコニーを調べ直している彼らを指さす。

「うん。事故死なのは明らかだと分かったから、警察もこれ以上は動かない。でもホント、楽しかったよ。興介君たち、本気でビビッちゃってね。富豪の死に関わっていたら、将来がおじゃんだからね。何もかも、聞いてないことまでベラベラ喋《しゃべ》っちゃって、彼らの弁護士が大変な目に遭ってた」

高城は「きひひ」と気味の悪い声で笑い、アイスティーで喉を潤した。

「倉持家の人間が和貴君を誘拐して脅そうとしていたってことまでバレちゃったから、これからは暮らしやすくなると思うよ。よかったね」

「……はい」

血の繋がった相手のことなので手放しで喜べないが、和貴は小さく頷いた。

「興介君が、幸造様がなくなる数日前に、バルコニーで椅子の上に乗ってたと言ったでしょう？それが気になって、みんなに調べてもらってるんだ」

たしかに和貴も聞いた。

そのときは、大した意味などないと思っていたが……。

「高城さーんっ！　もしかしてこれかもしれないっ！」

携帯電話を使えばいいものを、吉原はベランダから大声を出して手招きする。

「あのバカは、再教育した方がいいんじゃないか？」

修一はしかめっ面で立ち上がる。

「同感です」

河野も立ち上がった。

「俺も行くっ！」

「では、お手をどうぞ」

和貴は、修一が差し伸べた手をしっかりと握り締めた。


フランス窓から十五センチほど上の壁に、薄っぺらい板が差し込まれていた。

外壁を削って板を押し込んだように見える。

その上に、ツバメの巣があった。

まったく使われていないようで、崩れかけた巣の中には干からびた蜥蜴《とかげ》が一匹いた。

壁に差し込まれた薄っぺらい板は、不安定な場所にあるツバメの巣を守るかのように置かれていた。

「うわ。こんなところに巣を作るか？　普通。雨に濡れるだろうに」

「巣の少し上を見てください。外壁がネズミ返しのような作りになっていて、屋根代わりになってます」

呆《あき》れを通り越して感心する和貴の横で、修一が冷静に説明する。

「この屋敷は、ほかの場所にもいくつか巣があるんです。庭が広いので、餌となる虫が多いからでしょうね。しかし……この巣は今年の物じゃない」

修一は和貴を支えながら脚立から降りて、首を傾げた。

ツバメがやってきて雛《ひな》を育てていたと仮定すれば、なんらかの理由で巣から落ちた雛を、幸造が助けてやったと考えることも出来る。

あれこれ考える修一と入れ替わりに、カメラを持った吉原と同僚が脚立に上がった。

「この板は、幸造氏がはめ込んだんでしょうか？」

「そうだと思う。私は何も頼まれていない」

「ありがとうございます、水沢先輩。んじゃ、ここら辺を重点的に写真を撮っちゃいましょう」

吉原はデジタルカメラで何枚も写真を撮っていく。

しかし、なんとも言えない違和感を感じた彼は、ツバメの巣をちょんと指先で突いた。

ポロリ。

壁に張り付いているはずのツバメの巣が簡単に取れ、バルコニーに落ちる。

「うわっ！　なんだ？」

「和貴さん、危ないっ！」

「何やってんだバカ」

「ツバメの巣って簡単に落ちるものなの？」

その場に居合わせた人々の声が混ざり合ってうるさい。

「すいませんっ！　ちょっと触っただけで落ちちゃいました」

「俺も見た。ポロッて落ちた」

脚立に乗った二人は、焦りながらも「ちょっと」を強調した。

修一に庇《かば》われた和貴は、そっと彼の腕から抜け出すと、しゃがみ込んで巣の残骸《ざんがい》を拾う。

「これ……接着剤で止めてあったんだ……。ここ、白っぽくなってるだろ？　絶対に接着剤だ」

たしかに、壁に付いていたであろう部分に、白いゼリー状のものがついていた。

それを見ていた人々の中に、一つの仮説が生まれる。

幸造は、落ちてしまったツバメの巣を元に戻した際、足を滑らせてバルコニーから落ちたのではないか。

彼がなぜツバメの巣を元に戻そうとしたのかは分からない。

だが、誰もがそう考えた。

「こんな古い巣……ツバメは使わないのに。何やってんだよ、祖父さん……。古い巣を直しても、ツバメは戻ってこないよ……」

和貴はツバメの巣を見つめたまま、独り言のように呟いた。

掌《てのひら》にあるはずのツバメの巣が、だんだん霞んでくる。

涙で、もうよく見えない。

「でも……俺は来たよ？　祖父さん……母さんの代わりに、俺が来たよ」

人前で泣くのは恥ずかしいが、零れ落ちる物は仕方がない。

和貴は盛大に鼻をすすって勢いよく顔を上げると、心配そうに自分を見ている修一たちに、泣き笑いの顔を見せた。


「和貴君は、大学を卒業してもここに住むのかい？」

吉原たちが帰ったあと。

応接間に居残っていた高城は、和貴に尋ねる。

「俺……自給自足の生活をしたいんです」

「うん、それは知ってる。でもね、家というのは人が住まなくなると途端にダメになっていくんだよ。君が田舎に行ってしまったら、この屋敷は傷んでいくよ？」

高城の言うことはもっともだ。

「この屋敷は大事だけど……でも俺は……」

「管理人を置くのはどうでしょう。幸造様の部屋と悠子さんの部屋だけは立ち入り禁止にして、ほかの部屋を使ってもらう。屋敷と庭の管理をしてもらい、和貴さんは管理人に管理料を払う」

修一の提案に、和貴は「それいいっ！」と手放しで賛成した。

「俺が田舎で自給自足の生活を送れるようになったら、管理人さんに住んでもらおう。ね？　高城さん。いくら払えばいいかは高城さんが決めてください」

「和貴さんがそれでいいなら、そうしましょう」

「長く住んでくれる人がいいな」

そこに河野が無言で手を上げた。

「はい、河野さん。どうかした？」

「和貴さん。うちの両親と姉夫婦なんてどうですか？　両親の趣味はガーデニング。しかも二人とも早期退職で、家で庭いじりをしながら暢気に暮らしてます。義兄は薔薇《ばら》の育苗家で、借金はないけど儲《もう》かってもいません。管理人は何年も先のことですが……」

「是非お願いしますっ！　河野さんの家族だったら大歓迎だっ！　育苗家のお義兄さんっ！　凄いじゃないですかっ！　俺の方からお願いしますよっ！」

和貴は顔に「これで決定」と書き、修一と高城に同意を求める。

修一は笑みを浮かべて頷き、高城も異議は唱えない。

「……しかし、河野。お前は家族の中じゃ異質だろ？」

「昔から『お前はお前で、人様に迷惑を掛けずに好きなように生きなさい』と言われてますけど……そんなに異質ですかね」

河野は「あはは」と笑って気にしない。

「まあ、なんだ。和貴君は、これからも水沢君と一緒に暮らすのかい？」

「はい。それと、俺は富豪らしいので河野さんをボディーガードとして引き続き雇いたいです」

「らしい、じゃなくて富豪なんだよ。……了解した。金銭的な手続きはすべて私がやっておく」

「あと、もう一つ。俺……高城さんも雇っていいですか？」

その台詞に、高城だけでなく修一や河野も笑い出す。

和貴も、照れ臭そうに頭を掻いた。

「それは、顧問としてかな？」

「はい、それ。それです。……富豪に関する難しいことは、高城さんと修一にお願いしたい」

高城たちは、年若いクライアントに微笑みながら頷いて見せた。

二組の鶏夫婦はたくさんの卵を産み、今もまた、ピヨピヨと黄色い毛玉のようなヒヨコたちが親のあとをついて回っている。

裏庭に住み着いていた野良猫親子は、和貴と河野の必死の捕獲作戦と家猫化計画によって慣れ、庭の野ねずみ退治に一役買っている。

ただ、「ほら見てご覧」と獲物を口に銜えて持ってくるのには閉口した。

「……やっぱり、牛か馬が飼いたいなあ」

和貴は、かなり広くなった畑を前にして呟く。

「鶏糞《けいふん》は肥料に使えるけど、がつんと攻めるには、藁《わら》と一緒に発酵させた馬糞か牛糞だ。牧場に行って譲り受けるしかないんだろうか。……凄くほしい」

和貴の足下に、ピヨピヨとヒヨコの大群がやってくる。掘り起こした土の中からどうやらミミズを発見したらしい。

「かーわーいーいー」

河野は仕事そっちのけで、ヒヨコを両手に山ほど載せ頬摺《ほおず》りしている。

気持ちは分かる。物凄く分かる。

和貴も、最初の雛が孵《かえ》ったときは、彼と同じことをした。

「河野さんって、可愛い物が大好きなんだ」

「そうですよ。だから、和貴さんも大好き」

そういうことをさらりと言える性格が羨《うらや》ましい。

和貴は苦笑して、額の汗を拭った。

空は秋晴れ。

和貴が富豪になったことは大学で噂《うわさ》になったが、当の本人は相変わらずの清貧振りなので、友人たちは逆に、「もっと自分の身の回りに金を使え」「おにぎりだけの弁当じゃなく、オカズも持ってこい」と、彼のために口うるさくなった。

弁当に関しては修一も同じ気持ちだったが、和貴が頑《かたく》なに「これが一番です」と言うので、仕方なく折れている。

中には嫌味を言う者や、「金を貸してくれ」と友人面して近づいてくる輩《やから》がいるが、それには「遺産の殆どは凍結されてて、学費と生活費しか使えない」と言って追い払っている。

これは、修一が教えてくれた「コバンザメ撃退法」だ。

農学部では、教授たちが「三年になったらうちのゼミにおいで」「少しぐらい寄付してくれてもいいよ」と、冗談とも本気とも取れることを笑いながら言ってくる。

和貴は、卒業してから「お世話になりました」と大学に寄付をするつもりだが、今は黙っていた。

富豪になって変わったことと言ったら、稽古事《けいこ》が増えたことだ。

ダンスに国際標準マナー、英会話。

この三つのほかに「今度は着物の着付けも覚えましょうね」と修一に言われてうんざりしている。

何せ、どの稽古も教師が厳しい。

「水沢教官」と「河野教官」は、どんな些細《ささい》なミスも許してくれないのだ。

せっかくの日曜日に畑を耕していても、午後からは厳しい稽古の時間。

「今日は午後からなんの稽古でしたっけ？」

「英会話ですよ、和貴さん」

河野はピヨピヨを頬摺りしながら答える。

「いっそ、乗馬だったら喜んでやるのに」

「来年になったら始めますよ、乗馬。……ああそうだ、俺からも先輩に『馬買って』と言ってあげましょうか」

「それいいっ！　馬いいっ！　俺、頑張って世話する。庭の周りに馬道を作ろうっ！」

和貴が大声を出したので、鶏たちは驚いて羽根を広げた。

そこに、右手に大きなバスケット、左手にレジャーシートを持った修一がやってきた。

彼のすぐ後ろには、猫親子が尻尾をぴんと上げながらついてくる。

「今日は清々《すがすが》しい秋晴れですので、昼食はピクニックにしました」

修一は河野にシートを渡し、広げてもらう。

「アケミとヨウコも一緒か。……ヒヨコを食べちゃだめだぞ？　お前たちには、毎日美味しい餌をあげてるんだからな？」

シートに腰を下ろした和貴は、喉を鳴らしながら膝に乗ってくるアケミに言った。

「やっぱり、何回聞いてもホステスの名前にしか聞こえない」

河野はピヨたちを親鳥の元へ放してから、キジトラのアケミを見つめる。

「そういう名前の顔をしてるんだから仕方がない。……はい、和貴さん、おしぼりで手を拭いてください。河野、お前もだ」

彼らはバスケットの一番上に置いてあったおしぼりで、両手を丁寧に拭く。

おしぼりは気持ち良く汚れた。

修一は、バスケットの中からおにぎりが詰まったタッパーとオカズが詰まったタッパーを出し、可愛らしく皿に盛って和貴に渡す。

「飲み物は？」

「熱い麦茶を用意しました」

「デザートは？」

「洋梨のコンポートです」

「完璧だ」

「ありがとうございます。しかしながら和貴さん……シェフとハウスキーパーを雇われては如《い》

何《が》でしょう。私はあなたの世話をする執事、河野はボディーガード。屋敷内の掃除や厨房のエキスパートではありません」

和貴は熱い麦茶をチビチビと飲みながら、眉間に皺を寄せた。

屋敷での、この三人の暮らしは心地いい。

新たに誰かを雇うことに、和貴は丸々賛成できなかった。

「ハウスキーパーは、週に三回ぐらい通ってもらうとかどうです？　シェフは……やっぱり住み込みかなあ」

河野が気を利かせて、譲歩案を提示する。

「ハウスキーパーの件は……うん、分かった。でもシェフは……。俺、修一の作る料理が大好きなんだ。今更別の人の作ったものは食べたくない」

「分かりました。料理は今まで通り私が作りましょう」

「うわ、決断早っ！」

突っ込みを入れる河野に、修一は冷静にパンチをお見舞いする。

「和貴さんのために、これからも旨い料理を作り続けます」

「ありがとう。凄く嬉しい」

「なに、私にすべて任せておけば、和貴さんは幸せに暮らしていけるということです」

修一は眼鏡を指先でくいと上げ、愛しい主に素晴らしい笑顔を見せた。

あとがき

はじめまして&こんにちは。高月《こうづき》まつりです。

今回も……はい、今回も変な話です。

執事×清貧ぼっちゃん。

和貴《かずき》君が農業をしているところをもっと書きたかったけれど、ソレが増えると何の話か分からなくなるのでやめました。

楽しいですよね、家庭菜園。私は今、プランターでブルーベリーを育ててます。

遺産相続は羨ましいと思いますが、一体どれだけ税金を払ったのかが気になるところです。

和貴君なら、「払った税金だけで、しばらく生きていけます」と顔面蒼白になったんじゃないかな、と。田舎暮らしは大変だけど将来頑張ってほしいです。

和貴が田舎を熱く語るときに、トウモロコシ畑とスイカ畑を前に「自分で好きなのを取っておいで」と言っていた祖母を思い出しました。

あれは未だに、思い出すとワクワクします。田舎の夏休み、おやつは畑に生えているのです。

和貴は、麦わら帽に首タオル、つなぎに長靴という恰好が、きっと似合うんだろうな。

武闘派執事というか、ボディーガードの修一《しゅういち》さんも、サバイバルには強そうだし。

（微妙に田舎暮らしと違う……）

というか、修一さん。

執事のくせに、常に下克上状態でした。……いやー、楽しかったっ！

よくもまあ、あれだけ屁理屈が言えたものです。とはいえ、その屁理屈台詞を考えるのは、とても楽しかったです。和貴君が素直だったから屁理屈がまかり通ったんだよな。

最後まで名前が出なかった河野君も、書いてて楽しかった。思わず、3P萌えしました。


イラストを描いてくださった海奈《かいな》さん……、ありがとう！　本当にありがとうございました。

そして、土下座しても足りないほどご迷惑をおかけしました。次こそは、次こそは（涙）。

修一さん、凄く格好良かったです。和貴は可愛かったです。つなぎ姿が……凄くいい。

原稿を待ってくださった担当T井さん、ありがとうございました。私は自分のスケジュール管理を見直した方がいいと、真面目に思いました。いろいろとご迷惑を掛けてすいません。


このお話は「あら、この子アホねー」「つか、あんたがソレを言うか」と突っ込みながら読むと、より一層楽しく読めると思います。

それでは、最後まで読んでくださってありがとうございます。

次回作でお会いできれば幸いです。

Lovers Label

執事様に任せなさい

ラヴァーズ文庫をお買い上げいただきありがとうございます。
この作品を読んでのご意見・ご感想をお聞かせください。
あて先は下記の通りです。

〒102−0072
東京都千代田区飯田橋2-7-3
(株)竹書房　第五編集部
髙月まつり先生係
海奈先生係

2008年8月1日
初版第1刷発行

●著　者
髙月まつり ©MATSURI KOUDUKI
●イラスト
海奈 ©KAINA

●発行者　牧村康正
●発行所　株式会社　竹書房
〒102−0072
東京都千代田区飯田橋2-7-3
電話　03(3264)1576(代表)
　　　03(3234)6245(編集部)
振替　00170-2-179210
●ホームページ
http://www.takeshobo.co.jp

●印刷所　図書印刷株式会社
●本文デザイン　Creative·Sano·Japan

ISBN 978-4-8124-3535-9 C 0193

ラヴァーズ文庫
Lovers Label

髙月《こうづき》まつりの本

楽《らく》園《えん》管《かん》理《り》人《にん》の憂《ゆう》鬱《うつ》

俺は君たちの、下半身の
管理まではできません。

職も住まいも失ってしまった主人公、新妻良次は好条件の怪しい広告に惑わされ、豪華な屋敷の管理人をする事に。しかし、そこに住んでいるお金持ちで綺麗な4人の男達は、全員「攻めの男好き」！　そんな好色家の巣窟でノーマルな良次は口説かれ、セクハラされ……。

画 冬《ふゆ》乃《の》郁《いく》也《や》

おうちのルールで恋《こい》をしよう

好きでも、譲れない
男のプライドがある!!

保育士、浩一郎には「クールビューティーな一押しモデル!」と騒がれているひとり息子がいる。しかし家では「可愛い父さんがいないと生きていけない」などと意味不明な事を言い出す問題児…。血の繋がらない親子でも、立派に育てようと張り切る浩一郎に、息子泱の愛は通じるのか…!?

画 海《かい》奈《な》

こんなハズじゃなかったのにさ

好みは「可愛い子」なのに、
あれ…??

男が好きなことを隠して生きてきた里久は、30歳の誕生日を機に男の恋人を作ることを決めた。まずは試しに高級デートクラブにデートの予約を入れたまでは良かったが、現れたのは里久の希望した小さくて可愛い子ではなく、クールなカッコイイ青年で…。

画 海《かい》奈《な》

好評発売中!!

ラヴァーズ文庫
愛《あい》炎《えん》の檻《おり》
俺を裏切った罪。
白状しないなら閉じ込めて、
その身体に聞くまでだ…。
著 バーバラ片《かた》桐《ぎり》
画 奈《な》良《ら》千《ち》春《はる》
「お前の可愛いペットは、今俺が飼っていると、あのヤクザに伝えろ」
総合病院に勤める医師の野秋《のあき》は、妹の借金のせいでヤクザに脅され、
ヤクザと対立する政治家、堅城正英《けんじょうまさひで》の自宅へ、通いの医師として潜り込む。
そこからある書類を盗み出すように命令されていたのだが、
正英に見つかり、捕らえられてしまう。
野秋を信頼していた正英は、そのスパイ行為に怒りを
表し、野秋を監禁して詰問するが、ヤクザに脅されている野秋は、
自白することができず、ついには、その身体に『陵辱』を施されて——…。
好評発売中!!